노을빛 치마에 쓴 시

한시와 함께 읽는 우리나라 역사

노을빛 치마에 쓴 시

초판 1쇄 인쇄일 2020년 11월 13일
초판 1쇄 발행일 2020년 11월 20일

지은이 고승주
펴낸이 양옥매
디자인 임흥순 임진형
교 정 조준경

펴낸곳 도서출판 책과나무
출판등록 제2012-000376
주소 서울특별시 마포구 방울내로 79 이노빌딩 302호
대표전화 02.372.1537 **팩스** 02.372.1538
이메일 booknamu2007@naver.com
홈페이지 www.booknamu.com
ISBN 979-11-5776-955-1(03810)

이 도서의 국립중앙도서관 출판시도서목록(CIP)은
서지정보유통지원 시스템 홈페이지(http://seoji.nl.go.kr)와
국가자료공동목록시스템(http://www.nl.go.kr/kolisnet)에서
이용하실 수 있습니다.(CIP제어번호 : CIP2020046892)

노을빛 치마에 쓴 시

/ 고승주 편역 /

책과나무

'시란 무엇인가?'라는 물음에 대한 정의를 내리기는 쉽지 않다. 그래서 엘리엇Thomas S. Eliot은 '시에 대한 정의는 오류의 역사'라고 했는지도 모른다. 시에 대한 일반적인 정의는 인간의 사상과 정서를 운율적인 언어로 압축하여 표현한 언어예술이다.

시에 대한 오래된 정의는 공자가 말한 사무사思無邪이다. 『시경詩經』의 시 삼백여 편을 한마디로 말하면 '사무사思無邪' 곧 사특함이 없는 생각이라는 뜻이다(詩三百一言以蔽之日思無邪).

나는 학창 시절에 한시를 읽고 외우며 한시의 서경적 묘사와 그 안에 스민 정서를 이해하려고 노력했다. 자연과 교감한 시인들의 정서가 깃든 한시 공부는 나의 시 쓰기에 많은 영향을 주었다.

그동안 전문 학자들이 번역한 시를 공부하며 부족하지만 나름대로 내가 좋아하는 시를 간추려 엮게 되었다. 지난해에 중국 한시 120수를 발췌하여 『꽃인 듯 꽃이 아닌 듯』을 엮은 데 이어 올해 한국 한시를 간행하게 되었다.

우리의 한시에는 중국의 한시와 달리 한의 정서가 짙게 드리워져 있는데 그것은 아마도 우리 역사의 비극적 영향이 아닌가 하는 생각을 갖게 되었다. 그리하여 시인이 살았던 시대를 들여다보기 위해 시인과 연관된 역사를 공부하는 계기로 삼았다.

우리 민족의 역사는 외침으로 인한 참혹한 전쟁이 끊이지 않았고 권력을 쟁취하기 위한 당파 싸움이 계속되어 왔다. 또한 지배세력의 폭정과 가렴주구苛斂誅求가 횡행했으니 이러한 폭압에 짓눌려 온 백성들의 고통이 우리 민족의 한으로 응어리진 것이리라.

역사에는 한 민족의 정신이 깃들고 시에는 한 사람의 영혼이 깃들어 있다. 사람들은 시대와 역사를 교감하며 오늘 속에서 자신의 삶을 직조해 나간다. 한 시대를 살아가는 사람들의 고뇌와 상처가 시를 잉태하는 것은 아닐까? 비극적 사실까지도 녹여 내 하나의 꽃으로 피워 내는 시인의 언어는 비장미悲壯美를 품고 있다.

역사의 강줄기를 따라 유영하던 선인들, 혹은 역사의 물줄기를 바꾸기 위해 맨몸으로 맞서다 역사의 소용돌이에 휩쓸려 사라진 수많은 군상들, 한 시대를 통치하던 왕으로부터 평민에 이르기까지

광포한 시대와 맞서 절규한 선인들의 고독한 외침과 몸부림이 한 편의 시에 쓸쓸한 그림자를 드리우고 있다.

한 나라의 역사는 후인들에게 많은 교훈을 전하고 개인의 역사는 한 편의 시 속에 스며들어 시냇물처럼 낮은 소리로 우리에게 말한다. 한시 속에 응축된 선인들의 웅혼한 기상과 절망과 들꽃 같은 희망을 들여다보기를 바란다.

2020년 8월
지루한 장마가 끝나갈 무렵
고 승주

2부 너의 시 읊는 소리에

3부 풀이란 풀은 꽃망울 맺히고

4부 노을빛 치마에 쓴 시

5부 나 죽고 그대 살아서

1부

뜰에
가득한 달빛

황조가

유리왕 琉璃王

펄펄 나는 꾀꼬리는

암수가 서로 다정한데

홀로 된 이내 몸은

누구와 함께 돌아갈까

―

黃鳥歌

翩翩黃鳥편편황조　　此雌雄相依자웅상의

念我之獨염아지독　　誰其與歸수기여귀

[참조] 유리왕 琉璃王(?-18)

　고구려 제2대 왕(재위 BC19-AD18). 유리왕의 출생한 때는 명확하지 않

지만 서기전 38-37년으로 추정한다. 동명성왕(고주몽)의 원자(맏아들)로 부

여에서 출생하였다가 주몽이 대소의 위협을 피해 졸본으로 달아나 어머니 예씨禮氏 밑에서 성장하였다. 동부여의 왕이었던 대소의 견제를 받으며 목숨이 위태로워지자 어머니와 함께 고구려로 탈출하였다.

BC19년 아버지 동명성왕을 만나 태자로 책봉되었다. 그 후 소서노의 아들인 비류와 온조 형제와 대립하게 되었다. 두 세력은 분파되어 비류를 지지하는 세력들이 고구려를 떠나 남쪽으로 이주하여 백제를 건국하였고 유리는 동명성왕이 사망하자 유리명왕으로 등극하였다. 재위 36년 후 사망하여 두곡豆谷 동원東原에 묻혔다.

「황조가」는 고구려 제2대 유리왕이 지은 시가詩歌인데, 원래의 노래는 전해지지 않고『삼국사기』「고구려 본기」 유리 왕조에 4언 4구의 한역시로 전한다. 유리왕은 왕비 송씨가 죽자 골천 사람의 딸 화희禾姬와 한인의 딸 치희雉姬를 계실繼室로 얻었다. 두 여자가 서로 다투어 화목하지 않자, 왕은 양곡凉谷의 동서에 두 궁을 짓고 각기 살게 했다.

왕이 기산箕山으로 사냥을 나가서 7일간 돌아오지 않은 사이 두 여자가 서로 다투게 되었는데, 화희가 치희에게 "너는 한나라 출신의 비첩으로써 어찌 무례함이 그리 심한가?"라고 꾸짖으니 치희가 부끄럼과 원한을 품고 도망가 버렸다. 왕이 이 사실을 알고 말을 몰아 쫓아갔으나 치희는 돌아오지 않았다. 왕은 나무 밑에 쉬면서 꾀꼬리를 보고 이 노래를 지었다고 한다.

『삼국사기』의 내용을 그대로 믿고 한역의 내용을 보면, 「황조가」는 유리왕이 지은 우리나라 최초의 서정시가로 보는 것이 타당하다. 그러나 또 다른 해석에 따르면, 유리왕 당시의 사회 현실을 반영한 작품으로 보고 화희와 치희의 싸움을 두 종족 간의 대립으로 보면 유리왕이 이 두 사이를 화해

시키려다 실패하고 부른 것이니 서사시로 보아야 한다는 주장도 있다. 한편 유리왕을 신화적 인물로 해석하고 이 시가의 작자도 사실은 누구인지 알 수 없으며 제작 연대도 확정할 수 없는 고대 서정 가요로 보아 남녀가 배우자를 선정하는 기회에 불린 사랑의 노래라고 주장하는 견해도 있다.

우중문에게

을지문덕 乙支文德

그대의 귀신같은 책략은 천문을 꿰뚫고

신묘한 계산은 지리를 통달했네

전쟁에서 승리한 공 이미 높으니

족한 줄 알고 그만 돌아가기 바라오

—

與隋將于仲文詩[1] 여수장우중문시

神策究天文[2] 신책구천문 　　妙算窮地理[3] 묘산궁지리

戰勝功旣高 전승공기고 　　知足願云止[4] 지족원운지

---

1 于仲文우중문: 수나라 장수.
2 天文천문: 하늘의 모든 형상.
3 地理지리: 땅의 모든 이치.
4 云운: '말하다'의 뜻이지만 여기서는 의미 없는 어조사로 쓰였다.

을지문덕 乙支文德(생몰연대 미상)

『삼국사기』에는 을지문덕의 어린 시절이나 사생활에 대한 기록이 없다.
『역대 명장전』에는 을지문덕을 평양 석다산石多山 사람이라고 하였으며, 평
안도 일대에서는 그에 대한 많은 전설들이 전해 오고 있다고 한다.

살수대첩 薩水大捷 |

612년(영양왕 23년) 중국 수隋나라의 군대를 고구려가 살수(지금의 청천강)
에서 크게 격파한 전쟁이다. 돌궐(튀르크)과 고구려가 은밀히 접촉하고 있
음을 간파한 수나라 양제煬帝는 측근 관료 및 백제와 신라의 충동을 받아
고구려에 대한 두 번째 대규모 침략을 결정하였다. 수나라 육군은 지금의
북경에 집결 각각 12군으로 편성해 고구려를 향해 진군했다. 동원된 병력
은 모두 113만 3,800명으로 군대를 출발시키는 데도 40일이 소요되었다고
한다.

고구려의 완강한 저항과 수나라 지휘 계통의 혼란 등으로 싸움이 지구전
으로 돌입하자, 수나라는 우중문과 우문술 등을 지휘관으로 한 30만 5천
명의 별동대를 편성해 압록강을 건너 고구려 국도인 평양성을 직접 공격해
대세를 결정지으려 했다. 별동대는 고구려군의 게릴라 전술에 고전하면서
평양성 30리 지점에까지 진군하였다. 별동대에게는 식량 및 전투기재 등을
등짐으로 짊어지게 했는데 그 무게가 50kg에 달했다고 한다. 병사들은 지
친 나머지 식량 등 보급품을 땅에 묻어 버렸다.

이에 수나라 지휘부 내부의 불화와 물자 부족 등으로 수군은 더 이상의
진군이 불가능하게 되었다. 을지문덕 장군은 항복을 구실로 적진을 탐색하

여 별동대 병사의 보급품이나 사기에 문제가 있음을 간파했다. 지휘부에서는 을지문덕이 자신들의 진영에 들어왔을 때 서로 의견 충돌이 생겼다. 우중문과 우문술은 을지문덕을 참수하려 했으나 참군參軍인 유사룡은 사신을 함부로 포박하면 안 된다는 논지로 을지문덕을 놓아주어 그는 무사히 탈출하게 되었다.

그 후 별동대는 진군하기로 결정을 하고 고구려를 공격해 들어왔다. 이때 고구려군은 일곱 번 공격하고 일곱 번 퇴각하며 적군을 평양성 부근까지 유인하는 데 성공했다. 을지문덕은 거짓 항복 문서를 보내면서 한 편의 시를 같이 보내는데 이것이 「여수장우중문시與隋將于仲文詩」이다. 거듭된 진군으로 힘이 약해지고 군량이 부족해지자 그들은 퇴각을 결정했다.

강을 건너느라 수군이 반으로 나뉘었을 시점에 을지문덕은 맹공을 가했다. 후위의 붕괴에 동요한 30만 대군은 연쇄적으로 우르르 무너졌다. 요동성까지 살아간 병력은 2,700명에 불과했다고 한다. 한편 수나라 해군은 바다를 건너 지금의 대동강을 거슬러 올라 평양성을 공격하려 했으나 왕의 아우 고건무高建武(영류왕)가 지휘하는 고구려 결사대에 의해 막대한 피해를 입고 후퇴하였다.

이처럼 수륙 양쪽에서 막대한 손실을 입은 수나라는 두 번째 침략도 실패로 끝났다. 한편 고구려도 거듭되는 수나라의 침공을 격퇴함으로써 고구려의 위치를 대내외에 알렸으나 국력의 소모로 뒷날 멸망에 이르는 중요한 요인이 되었다.

3

분하고 원통하여

거인巨仁

우공이 통곡하매 삼 년 가뭄이 들고

추연이 애통하매 오월에도 서리가 내리더니

지금 나의 깊은 시름 예와 같건만

하늘은 어이하여 말없이 푸르기만 하는가

—

憤怨[1]분원

于公痛哭三年旱[2]우공통곡삼년한　　鄒衍含悲五月霜[3]추연함비오월상

今我幽愁還似古금아유수환사고　　皇天無語但蒼蒼황천무어단창창

---

1 **憤怨**분원: 분하고 원통함.
2 **于公**우공: 한나라 관리로 시누이의 모함을 받아 태수에게 죽게 된 한 효부를 변호했으나 이루어지지 않았다. 우공이 하도 억울하여 통곡을 하였더니 3년 동안이나 가물었다 한다.
3 **鄒衍**추연: 남의 모함을 받아 옥에 갇혔던 중국 제나라 사람. 그가 하늘을 우러러 통곡을 하니 오월인데도 서리가 내렸다 한다.

[참조] 거인ㅌㄴ(생몰연대 미상)

신라 세 번째 여왕인 진성여왕(재위 887-897) 때의 은자, 왕거인ㅍㅌㄴ이라고도 한다. 신라 진성여왕은 행실이 문란하고 사치와 방탕에 빠져 국정을 제대로 이끌지 못했다. 백성 중에서 누군가 진성여왕을 비방하는 글을 써 붙이자, 여왕이 신하에게 명하여 이를 잡으려 하였다. 신하는 범인을 잡지 못했음에도 이건 틀림없이 거인의 소행일 거라고 말했고, 이에 여왕은 거인을 붙잡아 옥에 가뒀다. 거인이 억울하여 옥의 벽에다 위의 시를 쓰니, 갑자기 하늘에서 우박이 쏟아지고 천둥 번개가 내리쳤다. 이에 여왕은 두려워서 곧 거인을 석방했다 한다.

4

비 오는 가을밤에

최치원 崔致遠

가을바람 부는 밤 홀로 괴로이 읊어도

세상에는 나의 마음 알아주는 이 없네

창밖에는 밤 깊도록 비가 내리는데

등불 앞에 만 리를 달리는 외로운 마음

—

秋夜雨中추야우중

秋風惟苦吟추풍유고음   世路少知音[1]세로소지음

窓外三更雨[2]창외삼경우   燈前萬里心등전만리심

---

1 知音지음: 옛날 중국에 백아伯牙라는 거문고 명수가 있었는데 종자기鍾子期라는 친구가 백아의 거문고
  연주를 잘 이해하였다. 지음知音은 여기서 나온 말로 자기를 잘 알아주는 사람, 즉 지기知己라는 뜻이다.
2 三更삼경: 밤 11시부터 새벽 1시, 곧 한밤을 말한다.

[참조] 최치원崔致遠(857-?)

　신라 말기의 학자이며 문인으로 자는 고운孤雲이다. 최치원은 868년 12세의 어린 나이에 중국 당나라에 유학을 떠나 7년 만인 874년 18세의 나이로 예부시랑禮部侍郞 배찬이 주관한 빈공과賓貢科(중국에서 외국인을 상대로 실시한 과거)에 합격하였다. 당나라에서 관직에 있다가 885년 귀국할 때까지 17년 동안 당나라에 머무르며 문명文名을 떨쳤다. 그 후 신라에 돌아와 벼슬에 올랐으나 뜻을 펴지 못하고 난세를 비관하며 유랑하다가 가야산 해인사에 들어가 여생을 마쳤다. 저술로는『계원필경桂苑筆耕』20권 등의 시문집이 있다.

가야산 독서당

최치원 崔致遠

첩첩 바위를 내달리는 물소리 산골에 울리고

사람들 말소리 지척에서도 알아듣기 어렵네

세상의 시비 소리 귀에 들릴까 두려워

흐르는 물로 온 산을 둘렀구나

—

題伽倻山讀書堂[1] 제가야산독서당

狂奔疊石吼重巒[2] 광분첩석후중만　人語難分咫尺間 인어난분지척간

常恐是非聲到耳 상공시비성도이　故教流水盡籠山[3,4] 고교유수진농산

---

1 題伽倻山讀書堂 제가야산독서당: 경북 성주군과 경남 합천군 사이에 있는 1,430미터의 산. 해인사 입구 농산정籠山亭이 당시 독서당이었다고 한다.

2 疊石 첩석: 겹쳐 놓은 바위나 큰 돌.

3 故教 고교: 일부러 ~으로 하여금.

4 籠山 농산: 산을 둘러싸다. 籠 농: 대바구니, 대그릇, 싸서 넣다.

어느 스님에게

최치원 崔致遠

구름 지나는 둔덕에 암자를 짓고

선정에 든 지 40여 년

지팡이에 의지하여 산 밖에 나간 일 없고

서울로 보내는 서신도 끊어 버렸네

대나무 홈통에선 돌돌거리는 물소리

창밖 소나무 사이로 볕이 성글어지는데

경지 높은 읊음 다 할 수 없어

눈 감은 채 사물의 본성을 깨닫네

—

贈雲門蘭若智光上人[1] 증운문난약지광상인

---

1 贈雲門蘭若智光上人증운문난약지광상인: 운문사 지광 스님에게 드림. 난약蘭若은 절 이름이고 상인上
人은 부처님의 제자라는 뜻이다.

雲畔構精廬운반구정려   安禪四紀餘안선사기여

節無出山步절무출산보   筆絶入京書필절입경서

竹架泉聲緊죽가천성긴   松欞日影疎송영일영소

境高吟不盡경고음부진   暝目悟眞如²명목오진여

---

2 眞如진여: 산스크리트어의 타타타tathata의 번역으로 '있는 그대로의 참모습'을 뜻한다.

7

뜰에 가득한 달빛

최충 崔沖

뜰에 가득한 달빛은 연기 없는 등불이요

방에 들어온 산빛은 청하지 않은 손님이네

또한 소나무가 악보에 없는 곡을 연주하니

깊은 뜻 혼자 즐길 뿐 남에게 전할 수 없네

—

絕句절구

滿庭月色無烟燭[1] 만정월색무연촉　　入座山光不速賓[2] 입좌산광불속빈

更有松絃彈譜外[3] 갱유송현탄보외　　只堪珍重未傳人[4] 지감진중미전인

---

1 無烟燭무연촉: 달빛을 연기 없는 등불이나 촛불로 비유.

2 不速賓불속빈: 초청하지 않은 손님. 速속은 청함, 초청의 뜻.

3 松絃송현: 소나무 잎을 관현악기의 줄로 은유함.

4 只堪지감: 다만 감내할 뿐이다.

[참조] 최충崔沖(984-1068)

고려 문종 때의 학자이며 문인으로 호는 성재惺齋. 1005년(목종 8년) 약
관 스무 살의 나이에 문과 장원으로 급제한 후 승승장구하였다. 그는 네
명의 왕을 섬겼으며 문하시중門下侍中에 오르는 등 관인으로 현달했다. 재
상으로서 소임을 다한 그는 1053년 70세 때 문종의 만류를 물리치고 은퇴
를 한다.

그 후에는 교육과 인재 양성에 힘썼다. 당시 중앙의 교육기관인 국자감
國子監이 유명무실한 상태였고 지방의 향학은 갖추어지기 이전이었을 때,
그는 사학私學의 하나인 문헌공도文憲公徒를 송악산 아래 자하동에 세웠다.
전국에서 수많은 학생이 몰려오자 이를 수용하기 위해 만든 것이 9재학당
이었다. 그는 사학의 창시자였으며 해동공자海東孔子로 칭송되었다.

8

구산사를 지나며

박인량 朴寅亮

가파른 바위와 괴이한 돌이 산을 이루고

위의 절에는 물이 사방으로 둘렀구나

탑 그림자는 물결 일렁이는 강바닥에 거꾸러졌고

풍경 소리는 달을 흔들며 구름 속으로 사라지네

문전 나그네의 배는 빠른 물살 저어 가고

대숲 아래 중은 한가롭게 바둑을 두네

한 번 사신으로 오가는 몸이라 이별하기 아쉬워

시 한 수 남겨 다시 오르기를 기약하네

―

使宋過泗州龜山寺[1] 사송과사주구산사

―

1 使宋過泗州龜山寺사송과사주구산사: 송나라에 사신으로 가 사주泗州의 구산사에서 지은 시.

巉巖怪石疊成山[2] 참암괴석첩성산　　上有蓮坊水四環 상유연방수사환

塔影倒江飜浪底[3] 탑영도강번랑저　　磬聲搖月落雲間 경성요월낙운간

門前客棹洪濤疾 문전객도홍도질　　竹下僧棋白日閑 죽하승기백일한

一奉皇華堪惜別[4] 일봉황화감석별　　更留詩句約重攀[5] 갱류시구약중반

[참조] 박인량朴寅亮(?-1096)

고려 중기의 문신으로 시호는 문열文烈이다. 일찍이 거란이 압록강 동쪽 지역에 야심을 가지고 들어와서 동안에다 보주保州(지금의 평북 의주)를 설치하여 고려에서 여러 차례 반환을 요청해도 듣지 않다가 1075년(문종 29) 박인량이 지은 「진정표陳情表」가 요주遼主를 감동시켜 철거하였다고 한다. 저서로는 『고금록古今錄』과 『수이전殊異傳』이 있다고 하나 지금은 전해지지 않는다.

---

2 巉巖참암: 가파른 바위.

3 倒江도강: 강물에 거꾸로 비추는 모습.

4 皇華황화: 황화사皇華使─ 중국으로 파견하는 사신(사신을 높여 부르는 이름).

5 約重攀약중반: 다시 산에 오를 것을 기약하다.

9

이차돈

석대각 釋大覺

천 리 길 돌아와 사당에 문안드리니
청산에 홀로 서서 몇 봄을 지냈는가?
만약 말세를 만나 불법을 행하기 어려우면
나 또한 임처럼 몸을 아끼지 않으리

—

厭觸舍人廟[1]염촉사인묘

千里歸來問舍人천리귀래문사인　　青山獨立幾經春[2]청산독립기경춘
若逢末世難行法약봉말세난행법　　我亦如君不惜身아역여군불석신

---

1 厭觸舍人廟염촉사인묘: 염촉사인의 사당. 염촉厭觸은 신라의 불교 순교자 이차돈異次頓(503–527)의 자字이다. 성은 박씨이며 갈문왕葛文王의 손자로 법흥왕과는 5촌이 되는 왕족이라고 한다. 사인舍人은 벼슬 이름이다.
2 青山獨立청산독립: 염촉사인의 사당이 청산에 우뚝 선 모습.

석대각釋大覺(1055~1101)

대각국사大覺國師. 자는 의천이며 고려 문종의 넷째 아들이다. 고려불교의 융합을 실현하였으며 한국 불교사에 획기적인 업적을 남겼다.

이 시의 역사적 배경은 다음과 같다. 신라 법흥왕 때의 일로 왕이 불도佛道를 펴려 하였으나 많은 신하들의 반대에 봉착했다. 그때 이차돈이 자기를 참형하여 분분한 반대를 진정시키라고 아뢰었다. 임금은 "내 본시 불도를 일으키고자 함인데 어찌 사람을 죽이겠는가?"라고 반대하였다. 그 후 왕은 다시 군신을 모아 불교를 행할 것인지 말 것인지를 물었으나 여전히 반대했다. 그러자 왕은 이차돈異次頓에게 말하기를 "모두가 반대하는데 어찌 너 혼자 다른 주장을 하느냐?" 하고 그를 참형했다. 이차돈은 내 죽음에는 반드시 기이奇異한 일이 있을 것이라 예언했는데, 과연 그를 참하자 젖 같은 흰 피가 한자나 높이 용솟음쳤다. 이를 본 군신들이 모두 놀라 불교에 대한 반대가 없어졌다고 한다.(『삼국사기』)

신라의 불교 전래 |

신라는 고구려나 백제에 비해 불교 수용이 무려 150년이나 늦었다. 신라에도 이차돈의 순교 이전부터 고구려를 통해 불교가 전래되었지만 귀족 세력의 완강한 반대에 부딪혀 국가의 공인을 받지 못했다. 당초 6개의 부족이 모여 나라를 이룬 신라는 각 부족 출신과 이를 이끄는 귀족들이 건국 당시의 민간신앙을 그대로 유지하고 있었으며 백성들에게도 무격신앙巫覡信仰이 뿌리를 내렸다.

특히 귀족들은 민간 토착신앙의 토대인 천신과 지신을 자기들의 직계 조상으로 섬기며 굳건한 권위를 누리고 있었다. 때문에 이들은 선진 종교인 불교를 수용하면 자신들의 존립 기반이 무너져 내릴 것이라는 위기의식을 가지고 있었다. 이차돈이 절을 지으려고 했던 천경림天鎮林은 천신이 내려와 지신과 결합한 장소로 믿어 백성들이 신성시하던 곳이었다. 반면 국왕으로서는 토착신앙에 뿌리를 둔 귀족 세력의 기득권을 누르지 않고는 고대 국가 체제의 정착과 효율적인 통치 행위가 어려운 상황이었다.

영토 확장과 여러 제도의 정비로 신라 사회가 기존의 민간신앙만으로는 감당할 수 없는 급속한 변화를 겪자, 이를 헤쳐 나갈 새로운 사상에 대한 갈증이 컸다. 법흥왕이 불교를 일으키기 위해 미리 이차돈과 일을 도모했다는 기록이 이와 같은 시대 분위기를 방증한다. 이차돈이 순교한 뒤 법흥왕은 천경림에 흥륜사를 짓고 진흥왕(재위 540-576)에게 왕위를 물려준 뒤 스스로 승려가 되었다고 한다.

불교가 공인되자 신라에는 왕이 곧 부처라는 왕즉불王卽佛 통치 이데올로기가 확립되었고 국왕이 다스리는 나라는 불국토가 된다. 모든 부족은 부처님의 제자라는 인식이 퍼져나갔다. 국왕은 귀족세력이 넘볼 수 없는 신성한 권력을 가진 자가 되었고 고통을 겪고 있던 백성들은 불교의 내세관과 윤회설로 큰 위안과 희망을 갖게 되었다.

10

소를 타고 가는 노인

곽여 郭輿

소를 타고 가는 노인의 평안한 모습

안개비에 젖어 밭머리를 지나네

저 물가 어디쯤에 노인의 집이 있나 보네

지는 해를 따라 계곡물도 바삐 흘러가네

—

長源亭應製野叟騎牛[1,2]장원정응제야수기우

太平容貌恣騎牛태평용모자기우　　半濕殘霏過壟頭[3]반습잔비과농두

知有水邊家近在지유수변가근재　　從他落日傍溪流종타낙일방계류

1　長源亭장원정: 경기도 개풍군에 있던 이궁離宮. 응제應製는 왕명으로 짓는다는 뜻이다.

2　野叟야수: 농촌 늙은이.

3　殘霏잔비: 비가 그칠 무렵 내리는 가랑비. 비霏는 눈이 펄펄 내리다, 또는 안개비를 뜻한다.

[참조] 곽여郭輿(1058-1130)

고려 예종睿宗 때의 선비이며 정지상의 스승이었다. 학문이 깊고 필법筆法이 뛰어났으며 예종의 극진한 예우를 받았다 한다.

11

대동강

정지상 鄭知常

비 갠 언덕에는 풀빛이 푸릇푸릇

임 보내는 남포에 울려 퍼지는 슬픈 노랫소리

대동강 물은 어느 때나 마를 날 있으리

해마다 이별의 눈물 푸른 파도에 더해지네

—

送人송인

雨歇長提草色多[1]우헐장제초색다   送君南浦動悲歌[2]송군남포동비가

大同江水何時盡대동강수하시진   別淚年年添綠波[3]별루연년첨록파

---

1 雨歇우헐: 비가 개다. 그치다.
2 南浦남포: 대동강 주변에 있는 나루터 이름.
3 別淚별루: 이별의 눈물.

[참조] 정지상鄭知常(?-1135)

고려 인종 때의 문신으로 호는 남호南湖이다. 그는 노장사상에 심취했으며 역학과 불전에 조예가 깊었다. 시에 뛰어났으며 글과 글씨에도 능했다. 이 시는 고려 시대의 시를 대표하는 송별시로 널리 알려져 있다. 정지상의 천재성은 5세 때 강 위의 해오라기를 보고 "어느 누가 흰 붓을 가지고 을 자를 강물에 써 놓았는가何人將白筆乙字寫江波"라는 시를 지었다는 일화로 전해진다. 그는 묘청의 난 때 난을 함께 모의했다 하여 김부식으로부터 죽임을 당했다.

12

개성사

정지상 鄭知常

수백 보를 꺾어 돌아 험한 산 오르니

두어 칸 작은 절이 허공에 걸렸네

영험한 맑은 물은 떨어져 내리고

오래된 벽에는 거뭇거뭇 이끼가 자라네

바위 위 노송에는 조각달 걸리고

하늘 끝 구름 아래 수많은 산들

티끌 같은 속세의 일들은 이곳에 이르지 못하네

스님 홀로 오랜 세월 한가로움을 누리네

—

開聖寺[1]개성사

百步九折登巑岏[2]백보구절등찬완　　寺在半空唯數間사재반공유수간

靈泉澄淸寒水落영천징청한수락　　古壁暗淡蒼苔斑고벽암담창태반

石頭老松一片月석두노송일편월　　天末雲低千點山천말운저천점산

紅塵萬事不可到홍진만사불가도　　幽人獨得長年閒[3]유인독득장년한

1 開聖寺개성사: 황해도 우봉현 성거산 소재의 절 이름.
2 巑岏찬완: 산이 높고 뾰족한 모양. 巑찬: 산이 높이 솟다. 岏완: 산이 뾰족하다. 가파르다.
3 幽人유인: 숨어 사는 은자, 스님을 가리킴.

13

감로사에서

김부식 金富軾

속세의 사람 발길 닿지 않는 곳

높은 곳에 오르니 생각이 맑아지네

산에 가을이 드니 더욱 보기에 좋고

강물 빛은 밤이 되니 오히려 밝네

흰 새는 높이 날아 사라지고

외로운 돛단배 하나 가벼이 떠가네

부끄럽구나 달팽이 뿔 같은 세상에서

반평생 공명을 찾아 헤매인 것

—

甘露寺次惠遠韻[1] 감로사차혜원운

俗客不到處속객부도처　　　登臨意思淸등림의사청

山形秋更好산형추경호　　　江色夜猶明강색야유명

白鳥高飛盡백조고비진　　　孤帆獨去輕고범독거경

自慚蝸角上자참와각상　　　半生覓功名[2]반생멱공명

[참조]

김부식金富軾(1075~1151)

고려 인종仁宗 때의 문신이며 학자로 호는 뇌천雷川이다. 저서로『삼국사기三國史記』가 있으며 문집이 있었으나 전하지 않는다.

신라가 망할 무렵, 그의 증조부 김위영은 고려 태조에게 귀의해 경주 지방의 행정을 담당하는 주장州長에 임명되었다. 김부식이 관계에 진출한 것은 그의 나이 스무 살 때 곧 1096년(숙종 1년)이었는데, 그는 1116년(예종 11년) 7월 송나라에 사신으로 가게 된다. 6개월간 송나라에 머물며 휘종의 융숭한 대접을 받았고 휘종에게서 사마광司馬光의『자치통감資治通鑑』한 질을 선물로 받게 되는데 이것이 그가 나중에『삼국사기』를 편찬하는 중요한 계기가 된다.

김부식의 생애에서 가장 큰 정치적 난관은 묘청妙淸의 난이었다. 1126년(인조 4년) 이자겸李資謙의 난으로 개경(개성)의 궁궐이 불에 타고 국내외 정세는 극도로 불안했다. 서경 출신의 승려 묘청은 무리를 모아 서경천도西京遷都를 주장하고 서경(평양)에 대화궁大花宮을 지으면 천하를 통일할 수 있고 많은 나라가 조공을 바칠 것이라 했으나 그 후 달라진 것이 없었다. 오히려 대화궁 근처 30여 곳에 벼락이 치고 인종이 서경에 가는 중 갑작스런 폭우

---

1 甘露寺次惠遠韻감로사차혜원운: 송도에 있는 감로사에서 혜원의 운韻에 차운次韻함. 차운次韻은 다른 사람의 시운詩韻을 써서 시를 지음을 말함.

2 覓멱: 찾다. 구하다.

로 수많은 인마人馬가 살상되기도 한다.

그리하여 개경 유신들의 반대가 극에 달하자, 묘청은 1135년(인종 13년) 1월 서경에서 난을 일으킨다. 이때 개경 유신을 대표하는 김부식은 원수元帥로 임명되어 직접 3군을 지휘 통솔해 진압에 나섰다. 김부식은 먼저 개경에 있던 묘청의 동조 세력인 정지상, 김안, 백수한의 목을 쳤다. 특히 정지상을 죽인 것을 두고 사람들의 말이 많았는데, 정지상이 자신보다 시를 더 잘 지었으므로 이를 시기하여 일부러 죽였다는 것이었다.

난의 진압은 1년 2개월 만에 겨우 끝났다. 이와 같은 공적으로 김부식은 승승장구하게 된다. 그는 국가의 일을 결정하는 핵심적 위치인 감수국사상주국태자태보監修國事上柱國太子太保의 자리를 겸하게 된다.

『삼국사기三國史記』│

김부식이 『삼국사기』를 편찬하기 시작한 것은 관직에서 물러난 뒤였다. 그는 『삼국사기』를 통해 유교적 이상국가를 실현하려 하였다. 1145년(인종 23년) 왕명에 따라 김부식이 주도했으며 협조한 편수관은 최산보, 이온문, 허홍재 등 10명이었다. 편찬체재는 사마천司馬遷의 『사기』를 그대로 본뜬 것이며 삼국 시대의 정사正史다. 그래서 『삼국사기』를 관찬사서官撰史書라고도 한다.

김부식은 왕에게 올리는 표문에서 우리나라 식자들조차 우리 역사를 모르고 있다는 사실을 개탄하면서 중국 문헌은 우리 역사를 지나치게 간략하게 기록하고 있으니 우리 역사를 자세히 써야 한다는 것과 왕과 신하와 백성의 잘잘못을 가려 행동 규범을 드러냄으로써 후세에 교훈으로 삼고자 한다고 했다. 이것이 12세기 당시 상황에서는 최상의 민주주의라고 볼 수 있겠으나 『삼국사기』는 얻은 것보다 잃은 것이 많은 책이라는 시각도 있는데, 이는 김부식이 취한 철저한 사대주의적 태도 때문이라고 한다.

14

패랭이꽃

정습명 鄭襲明

사람들은 모란꽃이 좋아

정원에 가득 기른다지만

누가 알랴, 거친 들에도

역시 좋은 꽃떨기 있음을

빛깔은 연못 위에 뜬 달빛처럼 투명하고

향기는 언덕 위 나무에 스치는 바람을 타고 오네

외진 곳이라 찾아오는 공자 없으니

그 아름다움은 시골 농부가 다 차지하네

—

石竹花[1] 석죽화

────

1 石竹花석죽화: 패랭이꽃.

世愛牧丹紅세애목단홍　　栽培滿院中재배만원중

誰知荒草野수지황초야　　亦有好花叢역유호화총

色透村塘月색투촌당월　　香傳隴樹風향전농수풍

地偏公子少지편공자소　　嬌態屬田翁교태속전옹

[참조]정습명鄭襲明(?-1151)

　고려 인종仁宗 때의 문신으로 호는 형양滎陽이다. 향공으로 문과에 급제
내시內侍에 들어갔고 인종의 신임을 받아 승선承宣(정삼품)에 올랐다. 의종
3년(1149)에 한림학사가 되었고 그 뒤에 추밀원지주사樞密院知奏事를 지냈
다. 간관諫官으로 인종의 유명을 받들어 의종을 잘못 간하다가 왕에게 미움
을 받고 간신들에게 무고를 당하자 자결하였다. 『동문선』에 「석죽화」 등 시
3편이 전한다.

15

고향에 돌아오니

최유청 崔惟淸

마을은 스산하고 사람들은 바뀌어 아는 이 없네

담장과 집은 무너져 내리고 뜰에는 잡초뿐이네

오직 문 앞의 돌샘물만

옛날의 달고 시원함 그대로이네

初歸故園[1] 초귀고원

里閭蕭索人多換[2,3] 이려소삭인다환　　墻屋傾頹草半荒[4] 장옥경퇴초반황

唯有門前石井水 유유문전석정수　　依然不改舊甘凉[5] 의연불개구감량

---

1 初歸故園초귀고원: 옛 동산(고향)에 처음 돌아오다.
2 里閭이려: 마을.
3 蕭索소삭: 쓸쓸하다, 삭막하다.
4 傾頹경퇴: 무너져 가다, 퇴락해지다.
5 依然의연: 옛 그대로.

[참조] 최유청崔惟淸(1093-1174)

　　고려 명종 때의 문신으로 시호는 문숙文淑이다. 불경에 조예가 깊고 글씨도 뛰어났다. 저서로『남도집南都集』과『유문사실柳文事實』등이 있다.

16

저녁 종소리

이인로 李仁老

굽이굽이 돌아가는 돌길 흰 구름에 싸이고
바위 위 푸른 소나무에 저녁 어스름 스며드네
푸른 절벽 너머 절이 있는 것 알겠네
상쾌한 바람 불어와 저녁 종소리 들려주네

—

煙寺晚鐘[1] 연사만종

千回石徑白雲封천회석경백운봉   岩樹蒼蒼晚色濃암수창창만색농
知有蓮坊藏翠壁[2]지유연방장취벽   好風吹落一聲鐘호풍취락일종성

---

1 煙寺晚鐘연사만종: 연기나 안개에 싸인 절의 저녁 종소리.
2 蓮坊연방: 절.

이인로李仁老(1152-1220)

고려 명종 때의 학자, 문인으로 호는 쌍명재雙明齋다. 시문과 글씨에 뛰어났다. 저서로『은대집銀臺集』20권과『파한집破閑集』등이 있다고 하나, 현재 파한집만이 남아 있다. 이인로는 1170년 나이 19세 때 정중부가 무신난을 일으키자 피신하여 불문에 귀의했다가 그 뒤에 환속했다고 한다.

정중부鄭仲夫의 난 |

1170년(의종 24년) 정중부 등이 문신 귀족정치에 반발하여 일으킨 난. 예종 때 여진의 정벌, 인종 때 이자겸의 난과 묘청의 난 등으로 무신의 지위가 크게 상승했으나 문존무비文存武卑의 풍조는 조금도 개선되지 않고 문신들의 무신에 대한 횡포는 더욱 심해졌다. 군사 행동에서도 문신이 지휘관이 되고 무신은 그 아래서 지휘를 받았다. 군인들이 적과 싸워 공을 세워도 불력佛力에 의한 것이라 하여 그 공을 부처에 돌리곤 하였다. 특히 난이 일어날 무렵 문신귀족의 수탈과 횡포는 농민반란이 일어나는 등 농촌 경제를 크게 압박해 유민이 속출하고 사회가 크게 동요되었다.

1170년 놀이에 나선 의종은 호종하는 문신들을 거느리고 장단 보현원에 이르렀다. 이때 왕을 호종하던 대장군 정중부와 이의방, 이고가 반란을 일으켜 왕을 호종하던 문신 대부분을 학살했다. 그리고 그날 밤 왕을 데리고 개성에 돌아와 문신 50여 명을 또 학살했다. 문종 때 중앙 문관의 정원이 532인이었는데 학살된 문인은 100여 명 정도였다 한다.

이에 의종은 이들의 직위를 승격시켜 무마하려 했으나 반란세력은 거사 3일째 되는 날 왕을 거제도로 보내고 왕의 아우 익양공 호晧를 왕으로 삼았는데, 이가 바로 명종이다. 명종은 즉위해 곧 정중부, 이의방, 이고를 벽상공신壁上功臣에 봉하고 대사령大赦令을 내리는 등 인심 수습에 노력하였다. 그러나 그 후 정치적 실권은 반란 세력의 수중에 들어가고 무신정권의 시대로 옮겨 가는 중대한 국가 사회적 변혁이 이루어졌다.

밤비

이인로 李仁老

푸른 물결 찰랑이는 강 언덕은 가을빛인데

바람에 날리는 가랑비 돌아가는 배에 흩뿌리네

밤이 되어 강변 대나무 숲 곁에 배를 매니

사각거리는 추운 댓잎 소리 시름을 자아내네

—

瀟湘夜雨[1]소상야우

一帶滄波兩岸秋일대창파양안추 風吹細雨灑歸舟[2]풍취세우쇄귀주

夜來迫近江邊竹[3]야래박근강변죽 葉葉寒聲摠是愁엽엽한성총시수

---

1 瀟湘夜雨소상야우: 중국 송나라 송적松迪이 그린 〈소상팔경도〉 그림에 붙인 제화시題畫詩다.

2 灑쇄: 뿌리다, 씻어 내다, 청소하다.

3 迫近박근: 강변에 배를 대기 위해 다가감.

스님이 길은 달

이규보 李奎報

산사의 스님 달빛이 탐나서

물 항아리에 함께 길었네

산사에 돌아와 비로소 깨달았네

물 항아리 기울이자 달 또한 빈 것을

—

詠井中月[1]영정중월

山僧貪月色산승탐월색   井汲一瓶中병급일병중

到寺方應覺도사방응각   瓶傾月亦空병경월역공

———

1 詠井中月영정중월: 우물 속의 달을 읊음.

고려 고종 때의 문신으로 호는 백운거사白雲居士이며 시와 술과 거문고를 너무 좋아해 자칭 삼혹호三酷好 선생이라고 했다. 그는 명문장가로 그가 지은 시는 당대를 풍미했다. 몽골군의 침입을 진정표陳情表로 격퇴하기도 했다. 저서로『동국이상국집東國李相國集』, 가전체 소설로, 술을 의인화하여 지은『국선생전麴先生傳』,「동명왕편東明王篇」등이 있다.

이규보는 1168년 태어났다. 이 해가 의종 22년이었는데 그로부터 꼭 2년 뒤 무신의 난이 발발했다. 그는 9세에 시를 짓는 신동으로 알려졌다. 그러나 그는 시대의 울분을 술로 달래며 자유분방한 성격 탓에 20대 초반까지 과거시험에 합격하지 못했다. 이규보는 백운거사白雲居士로 자처하고 시를 지으며 노장사상老莊思想에 심취했다.

최충헌이 이의민을 죽이고 실권을 잡은 것이 1196년, 무신정권은 최충헌에 이르러 방향을 잡게 된다. 이규보의 나이 28세 때이다. 이규보는 현실적인 길을 찾기로 했다. 이규보는 최충헌의 동향을 유심히 살피며 자신의 능력을 보여 주기 위해 최충헌에게 시문을 지어 보냈다. 그를 알아본 최충헌이 이규보를 등용한 때가 이규보의 나이 32세 전후로 알려져 있다. 이규보는 1207년 권보직한림權補直翰林으로 발탁되고 1230년에는 판위위시사判衛尉寺事를 지냈다.

문인이라곤 시골의 서당 선생 하나도 남기지 않고 내몰아친 무인정권으로선 중국에 보낼 공문 하나 만들기 어려웠다. 그런 그들에게 거부감을 갖지 않는 문인 실력을 갖춘 신하가 절대적으로 절실했는데, 거기에 이규보가 등장한 것이다. 이규보의 문학은 자유분방하고 웅장했다. 그가 25세 때 지은「동명왕편」에서 그의 재능을 나타냈는데 이는 오늘날 민족영웅 서사시로 평가받는다.

　그 당시 무인정권시대는 왕은 있으나 허울뿐이고 무인끼리도 힘 있는 자가 약한 자를 죽이는 난맥상이 펼쳐져 국가기강은 무너지고 나라는 풍전등화와 같았다. 비극적인 시대에 태어난 이규보는 가슴 설레는 영웅, 동명성왕 고주몽을 만난다. 민족영웅 서사시 동명성왕으로 인해 고구려의 역사를 다시 살려 냄과 동시에 역경을 이겨 낸 슬기로운 왕의 모습을 통해 민족의 자긍심을 키워 주게 되었다.

모두 다 나를 잊네

이규보 李奎報

세상 사람 모두 나를 잊으니

세상을 둘러봐야 이 한 몸 외롭네

어찌 세상만 나를 잊으리

형제들 또한 나를 잊네

오늘은 아내가 나를 잊고

내일은 내가 나를 잊을 것이네

그런 뒤 온 천지에는

가까운 사람도 먼 사람도 없을 것이네

—

詠忘영망

世人皆忘我세인개망아 　　　四海一身孤사해일신고

豈唯世忘我기유세망아 　　　兄弟亦忘子형제역망여

今日婦忘我금일부망아　　　明日吾忘吾명일오망오

却後天地內각후천지내　　　了無親與疎요무친여소

원고를 불사름

이규보 李奎報

어린 시절부터 시를 지어서

붓을 잡았다 하면 그만둘 줄 몰랐지

아름다운 보배라고 스스로 말했으니

그 누가 감히 흠을 찾아내 논할까

뒷날에 다시 들추어 보니

편 편마다 좋은 글귀 하나 없구나

시 보관 상자 더럽히는 것 참을 수 없어

새벽 밥 짓는 아궁이에 불살라 버렸네

작년에 쓴 시도 금년에 살펴보고

예전과 같이 던져 버렸네

옛 시인 고적도 이런 까닭에

쉰 되어서야 시 짓기를 시작했다네

焚藁(焚三百餘首)[1] 분고(분삼백여수)

少年著歌詞소년저가사　　下筆元無疑하필원무의

自謂如美玉자위여미옥　　誰敢論瑕疵수감논하자

後日復尋繹후일부심역　　每篇無好辭매편무호사

不忍汚箱衍[2]불인오상연　　焚之付晨炊분지부신취

明年視今年명년시금년　　棄擲一如斯[3]기척일여사

所以高常侍[4]소이고상시　　五十始爲詩오십시위시

---

1 焚藁분고: 원고를 불사르다.

2 汚箱衍오상연: 글 상자를 더럽히다.

3 棄擲기척: 던져 버리다.

4 高常侍고상시: 중국 당나라 시인 고적(700~765). 나이 쉰에 과거에 응시하여 급제한 뒤 벼슬살이와 시작
詩作을 하였다. 상시常侍는 그의 마지막 벼슬의 직책이다.

21

시를 짓는 병

이규보 李奎報

내 나이 벌써 일흔을 넘고

벼슬 또한 정승에 올랐으니

이제 시 짓는 일 버릴 만도 하건만

어찌하여 아직도 그만두지 못하는가

아침이면 귀뚜라미처럼 노래하고

밤에는 부엉이처럼 우네

떨쳐 낼 수 없는 귀신이 들러붙어

아침저녁으로 남몰래 따르며

한번 달라붙곤 잠시도 떨어지지 않아

나를 이 지경에 이르게 했네

날마다 심장과 간을 깎아서

몇 편의 시를 짜내니

내 몸에 있던 기름기와 진액이

피부와 살에 조금도 남아 있지 않네

앙상한 뼈만 남아 괴롭게 시를 읊어 대니

내 모습이 참으로 우습기만 하네

남을 놀라게 할 만한 시를 못 지어

천년 뒤에 남길 글 없으니

혼자 손바닥 비비며 크게 웃다가

웃음 멈추고 다시 읊네

내 살든 죽든 반드시 이 때문일 것이니

이 병은 의원도 고치기 어려울 것이네

―

詩癖시벽

年已涉從心[1]연이섭종심	位亦登台司[2]위역등태사
始可放雕篆[3]시가방조전	胡爲不能辭호위불능사
朝吟類蜻蟀[4]조음류청솔	暮嘯如鳶鴟[5]모소여연치
無奈有魔者무내유마자	夙夜潛相隨숙야잠상수
一着不暫捨일착불잠사	使我至於斯사아지어사

1 從心종심: 나이 70세를 이름. 『논어』에 "七十而從心所欲不踰矩"라 했는데 공자가 나이 70이 되어서는 자기 마음먹은 바대로 해도 법도에 벗어나지 않았다는 뜻이다.

2 台司태사: 삼공三公. 근대 이전에는 최고의 대신의 직위. 조선 시대에는 정1품 관직인 좌의정, 우의정, 영의정을 부르던 칭호.

3 雕篆조전: 시문詩文을 짓는 일. 조충전각彫蟲篆刻의 준말(작은 벌레를 새기고 이상야릇한 글자를 아로새긴다는 뜻으로 문장을 지을 때 지나치게 자구의 수식에만 얽매임을 말함).

4 蜻蟀청솔: 귀뚜라미.

5 鳶鴟연치: 솔개와 부엉이.

日日剝心肝일일박심간　　汁出幾篇詩즙출기편시

滋膏與脂液자고여지액　　不復留膚肌⁶불복유부기

骨立苦吟哦골립고음아　　此狀良可嗤차상양가치

亦無驚人語역무경인어　　足爲千載貽족위천재이

撫掌自大笑무장자대소　　笑罷復吟之소파부음지

生死必由是생사필유시　　此病醫難醫차병의난의

---

6 膚肌부기: 피부와 살. 肌기: 살가죽, 살, 피부.

22

눈 속에 친구를 찾아가서

이규보 李奎報

눈빛이 종이보다 희기에

말채찍 들어 이름을 써 두었네

바람아 이 눈밭 쓸지 말거라

주인 돌아오기까지 기다려 주렴

—

雪中訪友人不遇설중방우인불우

雪色白於紙설색백어지   擧鞭書姓字거편서성자

莫敎風掃地[1]막교풍소지   好待主人至호대주인지

———

1 莫敎막교: ∼을 못하게 하다.

23

배꽃은 지고

김구 金坵

팔랑팔랑 춤추며 날다 다시 돌아오고

바람을 타고 나뭇가지에 올라 다시 피려 하네

어쩌다 꽃잎 하나 거미줄에 걸리자

기다리던 거미가 나비 잡으러 오네

—

落梨花낙이화

飛舞翩翩去却回[1]비무편편거각회　　倒吹還欲上枝開도취환욕상지개

無端一片粘絲網무단일편점사망　　時見蜘蛛捕蝶來[2]시견지주포접래

1 翩翩편편: 배꽃 이파리가 가볍게 날리는 모양. 翩편: 빨리 날다, 나부끼다.

2 蜘蛛지주: 거미.

[참조] 김구金坵(1211-1278)

고려 고종 때의 학자. 호는 지포止浦이며 저서로『지포집止浦集』이 있다.

24

이사

최해 崔瀣

평생의 업은 잘못 선비가 된 것이네
곳곳마다 일을 도모함에 서툴고 엉성했네
이삿짐 물건 없다 괴이히 생각 말게
성현의 경전은 오히려 수레에 가득하네

—

遷居[1]천거

平生業已誤爲儒평생업이오위유　　是處謀身拙且疎[2]시처모신졸차소

莫怪遷居無物載막괴천거무물재　　聖賢經典尙盈車성현경전상영거

---

1 遷居천거: 사는 곳을 옮김. 이사.
2 拙且疎졸차소: 졸렬하고 소략하다.

[참조] 최해崔瀣(1287-1340)

고려 충숙왕 때의 학자로 호는 졸옹拙翁이다. 저서로『동인지문東人之文』
25권을 편찬했으며 문집으로『졸고천백拙藁千百』이 있다.

연인과 헤어지며

정포 鄭誧

새벽 등불 연인의 지워진 화장 비추는데

이별을 말하려 하니 애간장이 끊어져

지는 달 반쯤 비추는 뜰에 문 열고 나오니

살구꽃 성긴 그림자 옷에 가득하네

—

梁州客館別情人[1]양주객관별정인

五更燈影照殘粧오경등영조잔장   欲話別離先斷腸욕화별리선단장

落月半庭推戶出낙월반정추호출   杏花疎影滿衣裳행화소영만의상

---

1 梁州**客館**別情人양주객관별정인: 양주에 있는 여관에서 사랑하는 임과 이별하며(양주는 지금의 경상남도
  에 있는 양산梁山).

[참조] 정포鄭誧(1309-1345)

고려 충렬왕 때의 문신으로 호는 설곡雪谷이다. 저서로 『설곡집雪谷集』이
있다.

26

산속의 봄날

왕백 王伯

지난밤 시골집에 비 부슬부슬 내리더니

대나무밭 가에 복사꽃 붉게 피었네

취해서 귀밑머리 흰 것 알지 못하고

소담스런 꽃가지 꽂고 봄바람 마주하네

—

山居春日[1] 산거춘일

村家昨夜雨濛濛[2] 촌가작야우몽몽　竹外桃花忽放紅 죽외도화홀방홍

醉裏不知雙鬢雪[3] 취리부지쌍빈설　折簪繁蕚立東風[4,5] 절잠번악입동풍

---

1 山居春日산거춘일: 산속에 사는 집의 봄날.
2 濛濛몽몽: 비나 안개가 자욱한 모양. 濛몽: 가랑비가 오다, 흐릿하다.
3 雙鬢쌍빈: 양쪽 귀밑의 구레나룻.
4 簪잠: 비녀, 비녀를 꽂다.
5 繁蕚번악: 꽃이 많이 달린 꽃가지. 蕚악: 꽃받침.

[참조]

왕백王伯(1277-1350)

　고려 충렬왕 때의 문신. 본성명은 김여주金汝舟이다. 태종 무열왕의 후손
으로 왕씨는 사성賜姓이다.

　왕백과 조적의 난 ㅣ

　1339년(충숙왕 복위 8년)에 충숙왕이 죽자 충혜왕과 심양왕 고暠가 왕위를
다투는데, 정승 조적曹頔은 심양왕 고와 모의 하고 그를 추대하려 하였다.
이에 조적과 홍빈, 신백, 왕백 등이 1,000여 명의 군사로 반란을 일으켰
다. 이들은 왕궁을 습격했으나 충혜왕이 친히 군사를 지휘해 반격하자 결
국 패퇴하였으며, 조적은 죽임을 당하고 그 무리들은 모두 잡혀 군옥에 갇
히게 되었다.

27

버리지 못한 꿈

이곡 李穀

평생에 품은 생각 강물에 떠도는 조각배 같아

스스로 웃으며 돌아오니 이미 흰 머리가 다 되었네

아직도 황조의 벼슬아치 꿈은 버리지 못했네

자신이 억새꽃 피는 물가에 있는 줄도 모르고

―

寄鄭代言[1] 기정대언

百年心事一扁舟 백년심사일편주   自笑歸來已白頭 자소귀래이백두

猶有皇朝玉堂夢[2,3] 유유황조옥당몽   不知身在荻花洲[4] 부지신재적화주

1 寄鄭代言기정대언: 정대언에게 부침 대언은 왕명을 전하는 벼슬.
2 皇朝황조: 임금이 있는 조정.
3 玉堂옥당: 경적經籍이나 문한文翰 등을 맡아 보는 관청, 홍문관의 별칭.
4 荻花적화: 물억새, 쑥, 갈잎피리.

[참조] 이곡李穀(1298-1351)

고려 충숙왕 때의 학자. 호는 가정稼亭으로 이색의 부친이다. 경학經學의 대가로 문장에 뛰어났다. 가전체假傳體 작품으로 대나무를 의인화한 『죽부인전竹夫人傳』이 있으며 『가정집稼亭集』 4책 20권이 전한다.

28

산속 눈 내리는 밤

이제현 李齊賢

종이 이불엔 한기가 돌고 불등은 어두운데

사미승은 밤새도록 종을 치지 않네

틀림없이 자던 손님 일찍 나간 것 꾸짖겠지만

암자 앞 눈에 휘어진 소나무 보려 했을 뿐이네

—

山中雪夜산중설야

紙被生寒佛燈暗[1]지피생한불등암　　沙彌一夜不鳴鍾[2]사미일야불명종

應嗔宿客開門早[3]응진숙객개문조　　要看庵前雪壓松요간암전설압송

---

1 紙被지피: 종이로 만든 이불. 얇은 이불.
2 沙彌사미: 출가하여 행자 생활을 마치고 열 가지 계율을 받은 남자 승려.
3 應嗔응진: 응당 성을 내다.

[참조] 이제현李齊賢(1287-1367)

고려 공민왕 때의 문신으로 호는 익재益齋이다. 저서로 『익재난고益齋亂藁』
10권과 『역옹패설櫟翁稗說』 2권이 있다.

강가 나루에서

오순 吳洵

봄 강물은 끝없이 어두운 안개에 잠겼는데
홀로 낚싯대 드리우고 밤 깊도록 앉아 있네
미끼 아래 자잘한 물고기 몇 마리 노니는데
자라 낚을 헛된 꿈에 십 년이 갔네

—

江頭강두

春江無際暝烟沈춘강무제명연침　　獨把漁竿坐夜深[1]독파어간좌야심

餌下纖鱗知幾箇[2,3]이하섬린지기개　　十年空有釣鰲心십년공유조오심

---

1 漁竿어간: 낚싯대.
2 餌下이하: 미끼 아래. 餌이: 먹이, 미끼.
3 纖鱗섬린: 물고기, 어린 물고기.

[참조] 오순吳洵(1306-?)

1478년 서거정이 중심이 되어 집대성한 『동문선東文選』에 망삼각산望三角山, 화오花塢, 강두江頭 등의 작품이 전해 온다.

2부

너의
시 읊는 소리에

30

부벽루에서

이색 李穡

어제 영명사 절을 지나

잠시 부벽루에 올랐더니

평양성 빈 하늘엔 조각달 하나 떠 있고

바위는 늙고 구름은 천년 세월 떠 있네

기린마는 가서 돌아오지 않는데

천손은 어느 곳에서 노니는가

바람 부는 돌다리에 의지해 읊노라니

산은 푸르고 강은 절로 흐르네

—

浮碧樓¹부벽루

昨過永明寺²작과영명사　　　暫登浮碧樓잠등부벽루

城空月一片성공월일편　　　石老雲千秋석노운천추

麟馬去不返[3]인마거불반　　天孫何處遊[4]천손하처유

長嘯倚風磴장소의풍등　　山靑江自流산청강자류

[참조] 이색李穡(1328~1396)

고려 공민왕 때의 문신이며 학자로 호는 목은牧隱이다. 포은圃隱 정몽주,
야은冶隱 길재와 함께 삼은三隱의 한 사람이다. 1348년에 원나라에 가서 국
자감의 생원이 되어 성리학을 연구하였으며 그곳에서 높은 관직에 올랐다.

1389년(공양왕 1)이성계의 위화도 회군으로 우왕禑王이 강화로 쫓겨나자
조민수와 함께 창왕昌王을 옹립하여 즉위하게 했다. 명나라에 사신으로 가
서 창왕의 입조와 명나라의 고려에 대한 감국監國을 주청하여 이성계 일파
의 세력을 억제하려 했다.

이색의 문하에서 고려 왕조에 충절을 지킨 명사와 조선 왕조 창업에 공
헌한 사대부들이 많이 배출되었다. 정몽주, 길재, 이숭인 등은 고려 왕조
에 충절을 다하였고 정도전, 하륜, 윤소종, 권근 등은 조선 왕조 창업에 큰
역할을 하였다. 이색, 정몽주, 길재의 학문을 계승한 김종직, 변계량 등은
조선 왕조 초기 성리학의 주류를 이루었다.

---

1 浮碧樓부벽루: 평양 대동강변 모란대 밑 절벽 위에 있는 누각으로, 물 위에 떠있는 듯하다 해서 붙여진
  이름. 부벽루는 진주 촉석루, 밀양 영남루와 함께 조선 시대 3대 누정으로 꼽힌다.
2 永明寺영명사: 평양에 있는 절.
3 麟馬인마: 고구려 건국 영웅 동명왕(고주몽)이 타고 하늘을 날아다닌다는 기린마麒麟馬.
4 天孫천손: 동명왕을 말함.

31

회포에 젖어

이색 李穡

어느새 흘러 버린 반백 년 세월

동해 한쪽 모퉁이에서 허둥댔네

나의 생은 원래 조심스레 살아왔건만

세상의 길은 험난하기만 하구나

백발이야 때맞추어 생겨나고

한 몸 묻힐 청산이야 어디엔들 없으리

나직이 읊노라니 생각이 끝이 없어

마른 나무 등걸처럼 올연히 앉아 있네

—

遣懷견회

倏忽百年半[1] 숙홀백년반   蒼黃東海隅[2] 창황동해우

吾生元踽踽[3] 오생원국척   世路亦崎嶇[4] 세로역기구

白髮或時有백발혹시유　　　青山何處無⁵청산하처무

微吟意不盡미음의부진　　　兀坐似枯株⁶올좌사고주

1　倏忽숙홀: 문득, 갑자기. 倏숙: 갑자기, 문득, 빛, 빨리 달리다.

2　蒼黃창황: 허둥대는 모습.

3　跼蹐국척: 국천척지跼天蹐地의 준말. 머리가 하늘에 닿을까 허리를 굽혀 걷고 땅이 꺼질까 발소리를 죽여 걸음. 跼국: 구부리다. 蹐척: 살금살금 걷다.

4　崎嶇기구: 산세가 험하고 가파르다. 세상살이가 순탄하지 못하고 가탈이 많다.

5　靑山청산: 함축적인 의미로 은거하는 곳이나 자신이 묻힐 곳을 의미.

6　兀坐올좌: 올연히 앉아 있음. 兀올: 우뚝하다, 움직이지 않고 앉아 있다.

32

오늘도 저물어 가니

한수 韓脩

오늘도 또한 저물어 가니

인생 백 년이 참으로 서글프구나

마음은 육체의 심부름 노릇이나 하고

늙으니 병이 함께 따라오네

향불은 다 타서 재만 남고

달이 떠오르니 창이 밝아 오네

품은 생각 많으나 더불어 깨우칠 상대가 없어

애오라지 옛사람의 시에 화답할 뿐이네

—

夜座次杜工部詩韻[1] 야좌차두공부시운

此日亦云暮차일역운모   百年眞可悲백년진가비

心爲形所役[2] 심위형소역   老與病相隨노여병상수

篆冷香殘後[3] 전냉향잔후   窓明月上時 창명월상시

有懷無與晤[4] 유회무여오   聊和古人詩[5] 요화고인시

[참조] 한수韓脩(1333-1384)

　고려 시대의 문신이자 서예가로 호는 유항柳巷이다. 일찍부터 문재가 뛰어나 1347년 15세의 나이로 과거에 합격하였다. 1365년 신돈辛旽이 집권하자 공민왕에게 신돈이 바른 사람이 아니니 멀리할 것을 아뢰었다가 관직에서 물러나기도 하였다. 시서詩書에 뛰어난 많은 작품을 남겼다. 저서로 시집『유항집柳巷集』이 있다.

---

1 夜座次杜工部詩韻 야좌차두공부시운: 밤에 앉아 두보의 시에 차운次韻하다(차운: 남이 지은 시의 운자를 따서 시를 지음). 두공부는 중국 당나라 시인 두보를 뜻함.
2 心爲形所役: 마음이 육체의 부림을 당함. 본심을 지키지 못하고 생활 방편에 매임. 도연명의 시「귀거래사」에 '旣自以心爲形役'이라는 구절이 있다.
3 篆전: 전자篆字. 여기서는 타고 남은 향의 재가 전자 모양으로 꼬불꼬불한 것.
4 晤오: 밝다, 만나다, 깨우쳐 주다.
5 聊료: 애오라지, 겨우.

33

일본에 사신으로 와서

정몽주 鄭夢周

섬나라에 봄빛이 이는데

하늘 끝 나그네 고향에 가지 못하였네

풀은 천 리에 이어 푸르고

저 달은 고향에서도 밝겠지

유세 다니느라 돈은 다 써 버렸고

고향 생각에 백발만 늘었네

사내가 세상에 뜻을 펼치려는 것은

다만 공명만 위한 것 아니라네

―

洪武丁巳奉使日本作홍무정사봉사일본작

水國春光動[1]수국춘광동　　　天涯客未行천애객미행

草連千里綠초연천리록　　　月共兩鄕明월공양향명

遊說黄金盡[2]유세황금진　　　思歸白髮生사귀백발생

男兒四方志남아사방지　　　不獨爲功名부독위공명

[참조] 정몽주鄭夢周(1337~1392)

고려 공민왕 때의 문신이며 학자로 호는 포은圃隱이다. 성리학의 대가로 시문과 시화에도 뛰어났다. 저서로는 『포은집圃隱集』이 있다.

포은은 1376년(창왕 1) 성균관 대사성으로 이인임 등이 주장하는 배명친원排明親元의 외교 방침을 반대하다 언양에 유배되었다가 이듬해 풀려 나와 일본 규슈 지방의 사신으로 갔다. 포은은 1377년 9월 일본에 갔다가 이듬해 7월에 돌아왔는데 이 시는 그때 지은 것이라고 한다. 당시 왜구의 침략으로 인한 피해가 심해 조정에서는 일본에 화친을 청했다. 사신 가는 것을 사람들이 모두 위태롭게 여겼으나 포은은 두려워하는 기색 없이 일본에 건너가 임무를 수행하고 왜구에 끌려갔던 고려 백성 수백 명을 귀국시켰다.

1389년(창왕 1) 정몽주는 이성계와 함께 공양왕을 옹립하였으나 이성계의 욕망이 날로 커지고 주위에서는 그를 추대하려는 음모가 있음을 알고 정몽주는 이성계 일파를 숙청할 기회를 엿보고 있었다. 1392년 명나라에서 돌아오는 세자를 마중 나갔던 이성계가 황주에서 사냥하다 말에서 떨어져 벽란도에 드러눕자 그때 제거하려 했으나 이를 눈치챈 방원의 기지로 실패했다. 그 후에 정세를 엿보려고 이성계를 찾아갔다 귀가하던 중 선죽교에서 방원의 부하 조영규 등에게 격살擊殺을 당했다.(정몽주가 격살당한 장소가 선죽교가 아닌 태전동 그의 집 근처라는 주장도 있다.)

---

1 水國수국: 섬나라 일본.

2 遊說유세: 사람들을 만나 자기 뜻을 말하고 다니다.

포은은 의창義倉을 세워 빈민을 구제하고 개성에 5부학당과 지방에 향교를 세워 교육 진흥을 도모했다. 또한 성리학에도 밝아 주자가례에 따라 사회 윤리의 기반을 확립하려 하였다. 1367년 새로 제정된 대명률大明律 등을 검토하여 신율新律을 편찬해 고려의 법률 체계를 재정비하고 나아가 외교와 군사에도 깊이 관여하여 국운을 바로잡으려 하였으나 신흥 세력인 이성계 일파에 의해 최후를 맞고 말았다.

정몽주의 시조 「단심가丹心歌」는 정몽주의 충절을 대변하는 작품으로 오늘날까지 사람들에게 회자 되고 있다. 이 시조는 정몽주가 이성계에게 문병을 갔을 때 이방원이 정몽주의 마음을 떠보기 위해 하여가何如歌를 읊자 그에 답을 한 것으로 알려져 있다.

"이 몸이 죽고 죽어 일백 번 고쳐 죽어 / 백골이 진토 되어 넋이라도 있고 없고 / 임 향한 일편단심이야 가실 줄이 있으랴"

이 시조의 내용이 『포은집』에 다음과 같이 한역되어 전한다. "此身死了死了 一白番更死了 白骨爲塵土 魂魄有也無 向主一片丹心 寧有改理歟之"

한편 역사학자 신채호申采浩는 『조선상고사』에서 『해상잡록』을 인용하여 이 시조의 작자는 정몽주가 아니라 백제 여인 한주韓珠라는 주장을 했다. 고구려 안장왕이 태자로 있을 때, 백제에 잠입하여 지금의 경기도 고양시에 해당하는 개백현에서 정세를 살피다가 한주라는 미녀를 만나 서로 사랑하게 되었다. 안장왕이 임무를 마치고 다시 만날 날을 기약하며 고구려로 돌아간 뒤, 개벽현의 태수가 한주의 미모를 탐하여 취하려 하였으나 한주는 위의 시조를 읊어 안장왕에 대한 절개를 나타내었다는 것이다. 안장왕과 한주의 사랑 이야기는 『삼국사기』에도 실려 있으며, 고양시 성석동과 일산동 일대에 구전되었다고 한다.

그림 속에 내가 있네

정도전 鄭道傳

가을 구름 아득하고 온 산은 비었는데
소리 없이 지는 낙엽에 온 땅이 붉네
시냇가 다리 위에 말을 세우고 돌아가는 길 묻는데
그림 속에 내가 있는 것 알지 못했네

―

訪金居士野居[1] 방김거사야거

秋雲漠漠四山空[2] 추운막막사산공 　　　 落葉無聲滿地紅 낙엽무성만지홍
立馬溪橋問歸路 입마계교문귀로 　　　 不知身在畫圖中 부지신재화도중

---

1 方金居士野居방김거사야거: 김거사의 시골집을 방문하다. 거사는 벼슬하지 않고 초야에 묻혀 사는 선
비. 야거는 시골집을 뜻함.
2 秋雲추운: 기구起句의 '추운秋雲'이 『동문선』에는 '추음秋陰'으로 되어 있다.

[참조] 정도전鄭道傳(?-1398)

고려 말 조선 초의 문신이며 학자로 호는 삼봉三峰이다. 그는 젊은 시절 단양의 도담 삼봉을 좋아했는데 여기에서 호를 따왔다고 한다. 조선 초기의 문물제도를 정비하고 유학의 발전에 기여했다. 저서로『삼봉집三峰集』이 있다.

과거에 급제한 정도전은 22세 때 충주사록에 임명되면서 관직 생활을 시작한다. 그는 공민왕의 유학 육성 사업에 참여해 성균관 교관에 임명되어 정몽주, 이숭인 등과 함께했다. 공민왕이 죽자 이어 우왕이 즉위했다. 정도전은 원나라 사신의 마중을 거부했다는 이유로 전라도 나주에 속한 회진현에서 유배 생활을 하는 동안 백성들의 삶을 직접 목격하고 위민의식爲民意識을 키웠다.

그는 이성계의 추천으로 성균관 대사성에 임명되어 학계를 주도하는 위치에 오른다. 위화도 회군으로 이성계가 권력의 핵심으로 부상하면서 정도전의 야망도 불타올랐다. 고려의 마지막 왕 공민왕 때 고려 조정의 한편에는 정몽주를 중심한 온건 세력과 정도전, 조준과 같은 급진 개혁 세력으로 나뉘었다. 이방원에 의해 정몽주가 살해된 후 1392년 7월 정도전은 조준, 남은 등과 이성계를 왕으로 추대하여 조선 개국의 주역이 되었다.

1392년 5백년 고려 왕조는 종말을 고하고 조선이 개국된 후, 이성계는 정도전에게 실직적인 권력을 부여했다. 정도전은 개경에서 한양으로 천도하는 과정을 비롯하여 현재의 경복궁 및 도성 자리를 정하는 수도 건설 총책임자로서 임무를 수행했다. 한양 궁궐과 종묘의 위치, 궁궐과 궁문의 위치, 사대문과 사소문의 칭호 등도 정도전에게 짓도록 했다. 명칭의 대부분은 유교의 덕목이나 가치가 담긴 것이었다. 사대문을 정할 때도 동쪽은 흥인지문興仁之門, 서쪽은 돈의문敦義門, 남쪽은 숭례문崇禮門, 북쪽은 숙청문肅淸門으로 인의예지仁義禮智의 의미를 부여한 것이다. 한양이 수도로서 유교적 이상을 담은 곳으로 자리 잡게 된 것이다. 숙청문의 최초의 이름은 소지문昭智門으로 하자는 의견이 대두 되었지만 최종 낙점은 숙청문으로 정해졌다. 북쪽의 문에 지智자를 쓰지 않고 청淸자를 쓰게 된 것에 대한 이유는 정확히 밝혀지지 않았다.

그는 조선의 통치규범을 제시한 『조선경국전』을 지어 태조에게 올렸는데, 이후 조선의 최고법전인 『경국대전經國大典』이 나오게 된다. 그는 임금과 신하가 서로 조화를 이루는 왕도정치王道政治를 표방했다. 정도전은 조선 개국 후 주요 요직을 거치며 권력의 핵심 인물이 된다. 그가 주창한 요동정벌 문제는 조선과 명나라의 주요 외교 문제로 비화하기도 하였다.

그 후 정도전은 태조의 두 번째 부인 신덕왕후 강씨 소생 방석을 세자로 책봉하는 문제에 관여했다. 첫 번째 왕비 신의왕후 한씨 소생의 아들로 방우, 방과(정종), 방의, 방간, 방원(태종), 방연 등이 있었다. 이들은 태조가 왕위에 오르는 데 공을 세운 아들들이다. 그런데 정도전은 이를 무시하고 나이 어린 방석을 세자로 책봉하도록 관여한 것이다. 더구나 공신과 왕자들이 사적으로 보유한 사병私兵의 혁파 문제로 갈등을 보이던 중 1398년(태조 7) 8월 제1차 왕자의 난이 일어났고, 정도전은 이후 조정에서 철저히 배격되다가 이방원이 이끄는 세력에 의해 피살당하게 된다. 정도전은 조선 초 내내 신원되지 않다가 고종 때에 이르러서야 관직이 회복되었다. 고종 때 대원군이 경복궁을 중건하면서 건국 초에 설계 등에 참여한 정도전의 공을 인정한 것이다.

매화를 노래함

정도전

옥을 깎아 옷을 짓고

얼음 먹고 넋을 길렀네

해마다 눈서리 맞으며

봄날의 영화는 알지 못하네

—

詠梅(二)영매

鏤玉製衣裳[1]누옥제의상   啜氷養性靈[2,3]철빙양성령

年年帶霜雪연년대상설   不識韶光榮[4]불식소광영

---

1 鏤玉누옥: 옥을 깎다. 鏤누: 아로새기다, 깎다, 쇠붙이 장식.

2 啜氷철빙: 얼음을 먹다. 啜철: 마시다, 맛보다, 먹다.

3 性靈성령: 영혼, 넋.

4 韶소: 순임금의 음악, 아름답다, 봄기운.

첫눈

이숭인 李崇仁

세밑의 하늘은 아득하기만 한데

첫눈이 내려 산천을 덮었네

새들은 깃들 나무를 잃고

스님은 돌 위를 흐르는 샘물을 찾네

굶주린 까마귀 들판에서 우는데

얼어붙은 버드나무는 시냇가에 쓰러져 있네

인가는 그 어디에 있는가

멀리 숲속에 흰 연기 피어오르네

—

新雪신설

蒼茫歲暮天[1]창망세모천   新雪遍山川신설편산천

---

1 蒼茫창망: 넓고 멀어서 아득하다.

鳥失山中木조실산중목　　　僧尋石上泉승심석상천

飢烏號野外기오호야외　　　凍柳臥溪邊동류와계변

何處人家在하처인가재　　　遠林生白煙원림생백연

[참조] 이숭인 李崇仁(1347~1392)

　　고려 말기의 학자로 호는 도은陶隱이다. 절의를 지킨 세 학자를 총칭하여 삼은三隱이라 하는데 목은牧隱 이색, 포은圃隱 정몽주, 야은冶隱 길재로 알려져 왔다. 하지만 근년에는 길재 대신 이숭인을 고려 시대의 삼은에 포함시키기도 한다. 이숭인은 타고난 자질이 뛰어나고 문사文辭가 전아典雅하여 이색은 말하기를 "이 사람의 문장은 중국에서 구할지라도 많이 얻지 못할 것이다."라고 칭찬하였고, 명나라 태조도 이숭인이 찬한 표문表文을 보고 표의 문사가 참으로 절실하다고 평했으며 중국의 사대부들도 그 저술을 보고 탄복했다고 전해진다.

37

유소년의 산수도

권근 權近

벼룻물에서 용이 일어나니 비 부슬부슬 내리고

돌은 구르고 강물은 뒤집히고 하늘에선 귀신이 흐느끼네

한 줄기 잔잔한 바람에 천지가 개니

너의 흉중에 분명 큰 뜻 들어 있는 것 알겠다

—

題柳少年山水圖[1]제유소년산수도

墨池龍起雨濛濛[2]묵지용기우몽몽   石走江翻鬼泣空석주강번귀읍공

一陣好風天地霽일진호풍천지제   分明元化在胸中[3]분명원화재흉중

---

1 題柳少年山水圖제유소년산수도: 유씨 소년의 산수도를 보고 씀. 유소년은 조선 초기 학자인 유방선柳
  方善(1388-1443)을 이름.
2 濛濛몽몽: 비가 부슬부슬 내리다.
3 元化원화: 조화 곧 큰 뜻.

[참조] 권근權近(1352-1409)

고려 말 조선 초의 문신으로 호는 양촌陽村이다. 저서로 『양촌집陽村集』이 있다.

38

산 노을로 아침밥을 짓고

이제 李禔

산 노을로 아침밥을 짓고

밤에는 댕댕이 잎 사이 달로 등을 삼네

외딴 암자에 홀로 자는 밤

오직 탑 한 층 마음에 남았네

—

題僧軸[1] 제승축

山霞朝作飯[2] 산하조작반 　　　蘿月夜爲燈[3] 나월야위등

獨宿孤巖下 독숙고암하 　　　惟存塔一層 유존탑일층

---

1 **題僧軸** 제승축: 스님의 시축詩軸에 쓰다. 시축은 스님들이 법어를 쓰기 위해 미리 준비해 놓은 두루마리 종이를 말한다.

2 **山霞** 산하: 산에서 피어오르는 노을.

3 **蘿月** 나월: 담쟁이(댕댕이) 잎 사이로 보이는 달. **蘿** 라: 쑥, 여라(이끼 종류), 소나무겨우살이, 담쟁이덩굴.

[참조] 이제 李褆(1393-1462)

　조선 시대 태종의 장남 양녕대군이다. 양녕대군은 조선 개국 2년 1394년 이방원과 민씨 사이에서 장남으로 태어났다. 조선의 네 번째 임금 세종, 효령대군, 성녕대군의 친형이다. 그는 일찍이 세자로 책봉되어 정치에 참여했으나 자유분방한 성격 탓에 부왕 태종과 마찰을 빚다 폐위되었다. 이후에도 갖은 기행으로 세간에 물의를 빚었지만, 동생 세종의 각별한 배려로 천수를 누렸다.

39

죽음에 임하여

성삼문 成三問

북소리는 사람의 목숨 재촉하는데

고개를 돌리니 해는 서산에 지는구나

황천길에는 주막 하나 없다는데

오늘 밤은 어느 집에서 머물거나

—

臨死賦絶命詩[1] 임사부절명시

擊鼓催人命[2] 격고최인명　　　回首日欲斜 회수일욕사

黃泉無一店[3] 황천무일점　　　今夜宿誰家 금야숙수가

---

1 臨死賦絶命詩 임사부절명시: 죽음에 임박하여 지은 시.

2 擊鼓 격고: 북을 두드림.

3 黃泉 황천: 사자들이 산다는 암흑의 세계, 저승이라고도 함.

[참조] 성삼문成三問(1418-1456)

조선 전기의 문신으로 호는 매죽헌梅竹軒이며 시호는 충문忠文이다. 조선 제일의 충의를 지킨 사육신死六臣 중의 한 사람이다. 1455년 수양대군이 단종을 내쫓고 왕위에 오르자 이듬해 단종 복위를 계획하다 발각되어 능지처참陵遲處斬을 당했다.

성삼문은 충청도 홍주 노은동(현재 홍성군 홍북면 노은리) 외가에서 출생했다. 탄생설화에 그가 태어날 때 공중에서 "낳았느냐?" 하는 세 번의 소리가 있었다 하여 그 이름을 삼문三問으로 지었다고 전해진다. 집현전 시절 성삼문은 세종의 명을 받고 훈민정음訓民正音 창제를 위한 준비 작업을 했다. 그 결과 1443년(세종 25) 세종이 훈민정음 28자를 만들 때 정인지, 신숙주, 최항, 박팽년, 이개, 등과 더불어 성삼문이 주도적 역할을 했다. 성삼문은 신숙주와 함께 요동을 13차례나 왕래하면서 그곳에 유배 와 있던 황찬黃瓚으로 부터 음운학音韻學을 배웠다. 1447년 그의 나이 30세 때 한자 음운을 정리한 『동국정운東國正韻』을 편찬한다.

수양대군이 계유정난癸酉靖難을 일으켜 단종을 위협하여 선위禪位를 강요할 때 성삼문은 국새國璽를 끌어안고 통곡하였다고 한다. 1456년 6월 1일 세조가 상왕인 단종과 창덕궁에서 명나라 사신을 위한 잔치를 열기로 하자, 그날을 거사일로 정하여 집현전에서 비밀결사를 했다. 그러나 거사가 미뤄지자 함께 모의한 김질金礩이 그의 장인 정창손鄭昌孫과 함께 세조에게 밀고하였다. 성삼문은 세조에게 국문을 당할 때 세조를 가리켜 '나리'로 호칭하고 세조의 불의를 나무라며 세조에게 받은 녹은 창고에 쌓아 놓았으니 모두 가져가라고 하였다.

계획을 주도한 성삼문, 이개, 하위지, 박중림 등은 팔과 다리를 각각 다른 수레에 묶고 수레를 끌어서 죄인을 죽이는 거열형車裂刑에 처해졌다. 그의 아들 갓난아이까지 모두 살육을 당해 집안의 혈손이 끊겼다. 사육신은 성삼문, 박팽년, 하위지, 이개, 유성원, 유응부 6명을 가리킨다. 성삼문은 사후 200년이 지나 숙종 때 역모의 혐의가 풀렸으며 사육신의 묘소는 서울 노량진 사육신 묘역에 있다.

『청구영언』에 성상문의 시조가 실려 있는데 이 시조는 성상문이 집현전에서 세종의 사랑을 받을 때 지은 것으로 어떤 역경에도 굴하지 않는 충정 어린 신하의 절개와 지조를 잘 드러내고 있다.

"이 몸이 죽어 가서 무엇이 될꼬 하니 / 봉래산 제일봉에 낙락장송 되었다가 / 백설이 만건곤할제 독야청청하리라"

40

너의 시 읊는 소리에

고순 高淳

백발이 성성하여 옛 모습 줄었으나

외로운 몸 적적하게 산 앞을 지키네

백골은 느낌이 없다 말하지 말거라

네 시 읊는 소리에 나는 잠 못 이룬다

—

華髮蒼蒼減昔年[1,2] 화발창창감석년　孤身寂寂守山前고신적적수산전

莫言白骨無知感막언백골무지감　聞汝吟詩我不眠문여음시아불면

---

1 華髮화발: 노인을 비유적으로 이르는 말.

2 蒼蒼창창: 무성한 모양.

[참조] 고순高淳(생몰연대 미상)

조선 전기의 인물. 고순의 부친은 조선 전기의 문신인 고득종(1388-
1452)이다. 1414년 문과에 급제한 후 동지중추원사와 한성부판윤漢城府判尹
을 역임했다. 문장과 서예에 뛰어났으며 효성이 지극하여 사후에 정문旌門
이 세워졌다.

『소문쇄록謏聞瑣錄』에 위 시에 대한 일화가 있는데, 그에게는 어릴 때 귓
병을 앓아 말 못하는 아들(고순)이 하나 있었다. 아버지는 아들을 정성으로
글을 가르쳐 시인으로 성장시켰다. 하루는 아들 고순이 시를 짓다 잠이 들
었는데, 돌아가신 아버지가 나타나 시 한 수를 일러 준 것이 바로 위에 언
급한 시다.

41

봄날

서거정 徐居正

금빛은 수양버들에 들고 옥빛은 매화를 떠나는데

작은 연못의 물빛은 이끼보다 더 파랗네

봄날의 시름과 봄날의 흥취 어느 것이 더 깊고 옅은가

제비가 오지 않으니 꽃도 아직 피지 않았네

—

春日춘일

金入垂楊玉謝梅[1] 금입수양옥사매   小池新水碧於苔소지신수벽어태

春愁春興誰深淺춘수춘흥수심천   燕子不來花未開연자불래화미개

---

1 謝사: 사례하다, 양보하다, 시들다, 이울다.

[참조] 서거정 徐居正(1420-1428)

조선 전기의 문인으로 호는 사가四佳이다. 문집으로『사가집四佳集』외에
『필원잡기筆苑雜記』,『동인시화東人詩話』등이 있고 왕명으로『동문선東文選』
을 편찬했다. 덕과 공을 겸비했다고 평가되는 서거정은 조선 시대 영화로
운 삶을 산 대표적 지식인이다. 그는 여섯 왕을 섬겨 45년간 조정에 있었으
며 고위 관직을 두루 역임했고, 오랜 기간 대제학으로 있으면서 당대 문단
을 주도했다.

삼복

서거정 徐居正

향기로운 차 한 잔에 얼음을 조금 띄워

마셔 보니 괴로운 찜통더위 씻을 만하네

한가로이 대나무 베개 베고 막 잠들려 하는데

객이 와서 문 두드리나 백번을 대꾸하지 않았네

—

三伏삼복

一椀香茶小點氷일완향다소점빙　　啜來端可洗煩蒸[1]철래단가세번증

閑憑竹枕眠初穩[2,3]한빙죽침면초온　　客至敲門百不應객지고문백불응

---

1 煩蒸번증: 괴로운 찜통더위.
2 閑憑한빙: 한가로이 ~에 의지하다.
3 初穩초온: 막 잠에 들다. 穩온: 편안하다, 안정되다, 가라앉히다.

무제

김시습 金時習

종일 짚신 신고 발길 가는 대로 가니
산 하나 넘으면 또 푸른 산이 나타나네
마음에 집착이 없거늘 어찌 육체의 부림을 받으랴
도는 이름할 수 없으니 어찌 거짓 이룸이 있으랴
밤이슬 마르기 전에 산새들 지저귀고
봄바람 끝없이 불어와 들꽃 밝게 피어나네
단장 짚고 돌아가는 길 일천 멧부리 고요하고
푸른 벼랑에 일던 어지러운 안개 느지막이 개이네

—

無題[1]무제

---

1 無題무제: 『매월당집』에는 贈峻上人증준상인으로 되어 있다.

終日芒鞋信脚行[2]종일망혜신각행　　一山行盡一山靑일산행진일산청
心非有想奚形役[3]심비유상해형역　　道本無名豈假成[4]도본무명기가성
宿露未晞山鳥語[5]숙로미희산조어　　春風不盡野花明춘풍부진야화명
短笻歸去千峯靜단공귀거천봉정　　翠壁亂烟生晚晴취벽난연생만청

[참조] 김시습 金時習(1435-1493)

　조선 세조 때의 문신이며 생육신의 한 사람으로 호는 매월당梅月堂이다. 이름 시습時習은 논어의 첫 구 '學而時習之不亦說乎'에서 따온 듯하다. 저서로 『매월당집梅月堂集』과 우리나라 최초의 한문소설『금오신화金鰲新話』가 있으며『만복사저포기萬福寺樗蒲記』,『취유부벽정기醉遊浮碧亭記』등이 있다. 1782년(정조 6)에 이조판서로 추증되었으며 영월의 육신사에 배향配享되었다.

　그는 3세에 외조부에게 글자를 배우기 시작하여 다섯 살 때 이미 시를 지을 줄 알아 오세동자로 불릴 만큼 천재성을 지녔다. 그러나 세조의 왕위찬탈(계유정란) 소식을 들은 후, 자신이 가진 모든 책을 불사른 후 스스로 머리를 깎고 승려가 되어 평생 전국을 방랑하면서 마음의 시름을 문학을 통해 극복하려 했다. 사육신이 처형되던 날 밤, 온 장안이 세조의 포악성에 떨고 있을 때 그는 거열형車裂刑에 처해진 사육신의 시신을 바랑에 담아다가 노량진 가에 임시 매장했다고 한다.

　그의 나이 31세, 1465년(세조 11년) 봄 경주에 내려가 금오산에 금오산실

---

2 芒鞋망혜: 마혜麻鞋라고도 하는데 삼, 모시, 노 등으로 삼은 신을 말한다.
3 形役형역: 마음이 육체의 부림을 받음. 도연명의 「귀거래사」에 "旣自以心爲形役"이라는 말이 나온다.
4 道本無名도본무명: 도는 본시 이름이 없다. 노자『도덕경』의 "道可道非常道 名可名非常名"의 내용을 인용한 것으로 보인다.
5 未晞미희: 마르지 않다. 晞희: 마르다, 말리다, 밝아 오다.

을 짓고 칩거하였다. 그곳에서 우리나라 최초의 한문소설 『금오신화』를 쓰고 그 후 많은 한시를 남겼다. 그는 50대에 정처 없이 떠돌아다니다 충청도 홍산 무량사無量寺에 들어가 1493년 59세의 나이로 병사했다. 그는 심유천불心儒踐佛이니 불적이유행佛跡而儒行이라고 인식되었듯이 그의 사상은 유불적인 근본 요소를 다 포용하였다. 그는 근본 사상을 유교에 두고 불교적 사색을 병행했다고 한다. 현재 전하는 시편만 2,200여 수가 된다. 역대 시인 가운데 자신의 모든 것을 시로 말한 시인은 김시습밖에 없었다고 한다.

44

나그네

김시습 金時習

청평사의 어느 나그네

봄 산을 마음 가는 대로 떠도네

새는 우는데 외로운 탑은 고요하고

꽃은 져서 작은 개울에 떠가네

좋은 산나물은 때맞추어 자라나고

향긋한 버섯은 비 그친 뒤 부드럽네

시를 읊조리며 신선의 마을에 들어가니

인생 백 년의 시름이 모두 사라지네

—

有客유객

有客淸平寺유객청평사   春山任意遊¹춘산임의유

鳥啼孤塔靜조제고탑정   花落小溪流화락소계류

佳菜知時秀가채지시수　　香菌過雨柔향균과우유

行吟入仙洞행음입선동　　消我百年愁소아백년수

---

1 任意遊임의유: 마음대로 놀다.

잠시 개었다 비 내리고

김시습 金時習

잠시 개었다 비 내리고 내리다 다시 개니

하늘의 이치가 이런데 세상인심이야 어떠랴

나를 높이다가 곧 나를 헐뜯고

명리를 피하다가 돌이켜 스스로 공명을 구하네

꽃 피고 지는 일 봄이 어찌 상관하랴

구름이 일어났다 사라져도 산은 다투지 않네

세상 사람들에게 말하느니 잊지 말기를

기쁨을 취하나 기쁨을 평생 누릴 곳은 없네

—

乍晴乍雨[1] 사청사우

乍晴還雨雨還晴사청환우우환청　　　天道猶然況世情천도유연황세정

譽我便應還毀我[2] 예아편응환훼아　　　逃名却自爲求名도명각자위구명

花開花謝春何管[3]화개화사춘하관　　雲去雲來山不爭운거운래산부쟁

寄語世人須記認기어세인수기인　　取歡無處得平生취환무처득평생

1 乍晴乍雨사청사우: 잠시 개었다가 비가 다시 내림. 乍사: 잠깐, 언뜻, 별안간.

2 譽我예아: 자기를 명예롭게 여기다.

3 花謝화사: 꽃이 지다. 謝사: 사례하다, 시들다.

46

이 몸 또한 꿈일지니

김시습 金時習

(2)

여러 해 학문과 무예로 먼 길 달려와

강호에 덧없는 이름 얻은 것뿐이네

끝내는 이 몸도 모두 다 꿈일지니

일생에 일 없기로 나 같은 이 있을까

(4)

나는 공부에서 벗어난 아이같이

산 그리워하고 돌 쌓으며 소나무 심었네

십 년 세월 세상 밖에 사노라니

영예도 치욕도 알 길이 없네

—

縱筆(其二)종필

百年書劍走長途백년서검주장도 　剩得閑名滿五湖잉득한명만오호

畢竟此身俱是夢필경차신구시몽 　一生無事莫如吾일생무사막여오

縱筆(其四)종필

我似兒童放學時아사아동방학시 　思山疊石植松枝사산첩석식송지

十年蹤迹煙霞外[1]십년종적연하외 　榮辱由來兩不知영욕유래양부지

---

1 煙霞연하: 안개와 노을. 고요한 산수의 경치를 비유.

소나무 엮어 오두막 짓고

김시습 金時習

바위에 의지해 지은 작은 오두막

간신히 내 몸 하나 들어갈 만하네

낙엽으로 자리 삼고

마른 나뭇가지로 서까래 했네

소나무와 전나무로 지붕을 이으니

작은 방이지만 마음은 즐겁네

구름과 노을로 휘장 삼고

푸른 산은 병풍이 되었네

원숭이와 산새가 벗이 되어

내 마음과 한마음이 되었네

나는 본래 방랑하는 사람

오히려 산수 간에 떠도는 걸 기뻐하네

만물의 성질에 길들여져

먹고 마시는 일은 마른 푸성귀에 의지하네

온갖 시련에도 변치 않은 맹세를 맺어

이러한 즐거움 다하지 않았으면

—

葺松檜以爲廬[1]즙송회이위려

倚巖架小廬의암가소려   僅得容我軀근득용아구

落葉以爲氈낙엽이위전   枯查以爲櫨고사이위로

葺之兮松檜즙지혜송회   室小心愉愉[2]실소심유유

雲霞爲帳幄[3]운하위장악   碧山爲屛風벽산위병풍

猿鳥爲伴侶원조위반려   得我心所同득아심소동

我是放浪人아시방랑인   夷猶雲水中[4]이유운수중

物性亦馴擾[5]물성역순요   飮啄依枯叢[6]음탁의고총

願結歲寒盟원결세한맹   行樂無終窮행락무종궁

---

1 葺즙: 깁다. (지붕)이다. 겹치다.

2 愉愉유유: 좋아하는 모양.

3 帳幄장악: 한데에서 볕이나 비바람을 막도록 둘러친 막.

4 夷猶이유: 오히려 좋아하다.

5 馴擾순요: 길들이다.

6 枯叢고총: 마른 푸성귀. 叢총: 떨기(식물의 더부룩한 무더기).

48

온종일 잠에 빠져

김시습 金時習

종일 잠에 빠져 누워서

게으름에 문밖을 나서지 않았네

책상에 책들을 던져두니

여러 책들 이리저리 어지럽게 흩어져 있네

질화로엔 향 연기 피어오르고

돌솥에는 차와 우유 끓는 소리

미처 알지 못했네, 해당화 꽃

온 산에 내린 비에 다 져 버린 것을

—

耽睡탐수

竟日臥耽睡경일와탐수　　　　懶慢不出戶나만불출호

圖書抛在床도서포재상　　　　卷帙亂旁午[1]권질난방오

瓦爐起香煙와로기향연   石鼎鳴茶乳석정명다유

不知海棠花부지해당화   落盡千山雨 낙진천산우

---

1 旁午방오: 일이 매우 복잡함. 사람이 많아 붐비고 수선스러움.

49

몸과 그림자

김시습 金時習

너와 오래도록 괴롭게 얽혀서

서로 따른 지 얼마이더냐

달과 등불 아래선 네가 나를 따르지만

그늘 속에선 너는 어디로 가느냐

한곳에서 기쁨과 슬픔 함께하지만

항상 내 곁에 있음을 알지 못하네

내가 고요할 때는 너 또한 고요하고

내가 움직이면 너 역시 약속한 듯하구나

때맞추어 어디서 오는 건지

눈 감고 깊이 생각해 보네

말하고 춤출 때는 만나도 좋지만

눈물 흘릴 때는 내 곁에 있지 말거라

새벽에 거울 닦고 들여다보면

나와 똑같아 의심할 게 없구나

바라건대 세상을 사는 동안

우리 함께 기쁨 누리며 살아가자

―

和靖節形影神 三首[1] 화정절형영신(3)

與汝苦相累여여고상누	相從能幾時상종능기시
月燈汝隨我월등여수아	處陰汝何之처음여하지
同處悲歡中동처비환중	不知相在茲부지상재자
我靜汝亦靜아정여역정	動則如有期동즉여유기
適從何處來[2]적종하처래	瞑目時紬思[3]명목시주사
相期辭舞中상기사무중	莫伴涕交洏[4]막반체교이
向曉拭鏡看향효식경간	似我無復疑사아무부의
願言百歲內원언백세내	爲歡君勿辭위환군물사

[참조]

이 시는 중국 도연명 시인의 시 「형영신形影神」 삼수에 차운次韻하여 지은
시라 한다. 형체가 그림자에 말하는 형식의 이 시 "화정절형영신和靖節形影
神"의 화和는 다른 사람의 시에 화답한다는 뜻으로 차운과 같은 뜻이며, 정
절靖節은 도연명의 시호이다.

---

1 和靖節形影神화정절형영신: 도연명의 시 「形影神형영신」 삼수에 차운하여 지음.
2 適從적종: 때맞추어 따르다.
3 紬思주사: 생각하다. 紬주: 명주, 실을 잣다, 뽑아내다.
4 涕交洏체교이: 눈물이 섞여 흐르다.

50

잠 못 이루는 밤

김시습 金時習

구름보다 흰 종이 장막을 치고

동창에 햇빛 들기까지 밤을 지새우네

꿈에라도 그대 보고픈데 잠은 안 오고

몇 줄기 향 연기만 줄어들었네

나는 백 척 음지 벼랑 밑의 얼음

그대는 높이 솟은 한 줄기 햇살

한 줄기 아침 햇살 빌어다가

벼랑 밑 응달 얼어붙은 나를 녹여 냈으면

밤은 어찌하여 다하지 않고

별은 서편으로 가고 달빛은 침상에 오르네

인간 세상 정 많은 게 가장 괴로워

몸 뒤척이며 잠 못 들어 애간장만 태우네

一

竹枝詞[1]죽지사

一片紙帳白於雲일편지장백어운   夜撤東窓直到昕[2]야철동창직도흔

擬夢情人眠不得의몽정인면부득   數條香線減三分수조향선감삼분

儂如百尺陰崖氷[3]농여백척음애빙   爾似一竿陽曦騰이사일간양희등

願借一竿朝陽暉[4]원차일간조양휘   鎮我百尺陰崖凝쇄아백척음애응

夜如何其夜未央야여하기야미앙   星移西嶺月侵床성이서령월침상

人間最是多情苦인간최시다정고   輾轉不寐空斷腸[5]전전불매공단장

---

1 竹枝詞죽지사: 중국의 악부에 죽지사가 있으며 우리나라에서 이를 본떠 향토의 경치와 풍속 등을 노래
하는데 7언 절구의 연작 형태가 보통이다.

2 直到昕직도흔: 바로 아침이 되다. 昕흔: 새벽, 아침, 해 돋을 무렵.

3 儂농: 나, 너, 당신.

4 陽暉양휘: 햇빛, 햇살.

5 輾轉不寐전전불매: 몸을 뒤척이며 잠들지 못함.

두견새 울음

단종 端宗

한 마리 원한을 품은 새 궁궐을 나와

외로운 그림자 하나 거느리고 푸른 산에 깃들었네

밤마다 잠을 청해도 잠 못 이루고

끝없는 한은 해가 가도 끝나지 않네

두견새 울음 멎은 새벽 산봉우리의 달은 희고

핏물 흐르는 봄 계곡에 떨어지는 붉은 꽃이여

하늘은 귀먹어 내 슬픈 하소연 듣지 못하는가

어찌하여 수심에 찬 사람의 귀만 홀로 총총할까

—

聞子規[1]문자규

一自冤禽出帝宮[2]일자원금출제궁　　孤身隻影碧山中[3]고신척영벽산중

假眠夜夜眠無假가면야야면무가　　窮恨年年恨不窮궁한연년한불궁

聲斷曉岑殘月白[4]성단효잠잔월백　　血流春谷落花紅혈류춘곡낙화홍

天聾尙未聞哀訴천롱상미문애소　　胡乃愁人耳獨聰호내수인이독총

[참조] 단종端宗(1441~1457)

조선 제6대 왕으로 재위 기간은 1452~1455년이다. 이름은 홍위弘暐, 아버지는 문종文宗이며 어머니는 현덕왕후 권씨이다. 1450년 문종이 즉위하자 단종은 세자에 책봉되었다. 문종은 자신이 병약하고 세자가 어린 것을 염려하여 황보인, 김종서 등에게 세자의 보필을 부탁했다. 집현전 학자인 성삼문, 박팽년, 신숙주 등에게도 부탁하는 유언을 남겼다. 1452년 문종이 재위 2년 만에 죽자 그 뒤를 이어 즉위하였다.

그런데 1453년 숙부인 수양대군이 정권을 빼앗고자 좌의정 김종서와 안평대군 등을 죽이고 여러 종친과 궁인 및 신하들을 모두 죄인으로 몰아각 지방에 유배시키자, 이를 견디지 못하고 마침내 수양대군에게 왕위를 물려주고 상왕上王이 되었다. 1456년 6월 집현전 출신의 성삼문, 박팽년, 하위지, 이개, 유성원, 유응부 등이 단종복위를 도모하다 모두 처형된 후 1457년 6월 단종은 노산군魯山君으로 강봉 되어 강원도 영월 청령포에 유배되었다.

그해 9월 순흥에 유배되었던 숙부 금성대군이 다시 복위를 계획하다가발각되자 다시 노산군에서 서인庶人으로 강봉되었다가 10월 마침내 죽음을

---

1 聞子規문자규: 자규 울음을 듣다. 자규(두견새)는 촉나라 황제인 망제望帝 두우杜宇가 나라에서 쫓겨난 뒤 끝내 돌아가지 못하고 죽은 원혼이 자규가 되었다는 전설의 새다.

2 寃禽원금: 원통한 새는 단종 자신을 비유.

3 隻影척영: 짝 없는 그림자.

4 曉岑효잠: 새벽 산봉우리.

당했다. 1681년 노산대군으로 추봉되고 1698년에 복위되었으며 묘호를

단종으로 추증하고 능호를 장릉莊陵이라 하였다.

52

대장부

남이 南怡

백두산 돌 칼 갈아 없애고

두만강 물 말 먹여 다 없애리

사나이 스물에 나라 태평 못 이루면

후세에 어느 누가 대장부라 부르리

—

大丈夫대장부

白頭山石磨刀盡백두산석마도진　　豆滿江水飲馬無두만강수음마무

男兒二十未平國남아이십미평국　　後世誰稱大丈夫후세수칭대장부

[참조] 남이 南怡(1441~1468)

　남이 장군은 16세(1457년 세조 3)의 젊은 나이에 무과에 장원으로 급제하

였고 이시애李施愛의 난과 여진족 토벌에서 큰 공을 세워 이름을 떨쳤다.

이러한 공과 세조의 사랑으로 그는 27세 때 공조판서, 28세 때 병조판서에 임명되었다.

그러나 그로부터 13일 뒤에 세조가 세상을 떠나고 예종이 즉위했다. 예종은 즉위하던 그날로 남이 장군을 병조판서에서 해임해 버렸다. 남이 장군의 급격한 부상을 몹시 시기하던 조정의 훈구대신들이 그를 모함하기 시작했다. 달포 뒤에는 유자광에 의하여 역모 혐의가 씌워졌고 그 뒤 3일 만에 그는 저잣거리에서 온몸이 찢기는 거열형車裂刑의 죽음을 당했다. 이 시는 비극적 삶을 산 남이 장군이 이시애의 난을 토벌한 후 백두산에 올라가서 지었다고 한다.

53

회포

김굉필 金宏弼

한가롭게 홀로 거하며 오가는 일 끊고

다만 달을 불러 쓸쓸한 신세 비추게 하네

그대 내게 살아온 일 묻지 말게

만경이나 되는 파도 첩첩 산 그뿐이네

—

書懷서회

處獨居閑絶往還[1] 처독거한절왕환   只呼明月照孤寒[2] 지호명월조고한

憑君莫問生涯事[3] 빙군막문생애사   萬頃烟波數疊山[4] 만경연파수첩산

---

1 往還왕환: 갔다가 돌아옴.
2 孤寒고한: 외롭고 가난한 생활.
3 憑빙: 부탁하다, 기대다.
4 烟波: 물안개와 파도.

[참조] 김굉필金宏弼(1454-1504)

　　조선 전기의 성리학자로 호는 한훤당寒喧堂이다. 김종직의 문하에서 학문을 배우면서 특히 소학에 심취하여 소학동자라 자칭하였다. 1498년 무오사화가 일어나자 평안도 희천에 유배되었는데 그곳에서 조광조를 만나 학문을 전수하였다. 1504년에 갑자사화 때 극형에 처해졌으나, 중종반정 이후 신원되어 1517년에는 우의정에 추증되었다. 문집에 『한훤당집寒喧堂集』, 저서에 『경현록景賢錄』과 『가범家範』 등이 있다. 1610년(광해군2)에 정여창, 조광조, 이언적, 이황 등과 함께 오현五賢으로 문묘에 배향됨으로써 조선 성리학의 정통을 계승한 인물로 인정받았다.

54

우연히 읊다

조신 曺伸

아침 술 석 잔에 고희를 자랑삼아

남쪽 창을 열고 시 한 수를 읊네

샘물이 못에 넘쳐 물고기가 뛰어놀고

숲이 집을 둘러 새들이 찾아드네

비 갠 뒤에 꽃은 생기가 돌고

바람이 스치니 버들은 가는 허리를 흔드네

내게 아무 일 없다 누가 말하는가

시절 따라 일어나는 사물의 기미를 잊지 못하네

—

偶吟우음

三盃卯酒詑年稀[1] 삼배묘주이년희   手拓南窓一咏詩 수척남창일영시

---

1 卯酒묘주: 아침에 마시는 술.

泉眼溢池魚潑刺 천안일지어발자　　樹林遶屋鳥來歸 수림요옥조래귀

花生顏色雨晴後 화생안색우청후　　柳弄腰肢風過時 유롱요지풍과시

誰道適庵無箇事[2] 수도적암무개사　　每因節物未忘機[3] 매인절물미망기

[참조] 조신曺伸(1454-1529?)

　조선 전기의 역관譯官이며 문인으로 호는 적암適庵이다. 1479년 성종 10년 통신사 신숙주를 따라 일본에 다녀왔으며 이후 일본에 세 번 다녀오고 역관으로 일곱 번 연경燕京에 다녀왔다. 중종의 명으로『이륜행실도二倫行實圖』를 편찬했다. 그가 저술한『소문쇄록謏聞瑣錄』은 조선 전기 문화사 연구에 중요한 자료가 된다.

2　適庵적암: 시인의 호.

3　節物절물: 절기마다 나타나는 사물.

55

유민의 탄식

어무적 魚無迹

백성들 힘들구나, 백성들 힘들구나

흉년이 드니 먹을 것이 없네

내게는 구제할 마음이 있지만

구제할 힘이 없네

백성들 고달프구나, 백성들 고달프구나

날씨는 추운데 덮을 이부자리가 없네

저들에게는 구제할 힘이 있지만

구제할 마음은 없네

내 소원은 소인의 마음을 바꾸어

잠시 군자의 마음이 되게 하고

잠시 군자의 귀를 빌려다가

백성들의 말을 듣게 하는 것이네

백성들 말을 해도 임금은 깨닫지 못하고

올해엔 백성들 모두 살 곳을 잃어버렸네

대궐에서 백성을 근심하는 조칙을 내려도

고을에 내려오면 한 장의 빈 종이가 되네

특별히 서울 관리 보내 백성의 고통 알아본다고

역마를 타고 매일 삼백 리를 달리지만

우리 백성들 문지방 넘을 힘조차 없으니

어느 겨를에 대면하여 속마음 전할 수 있으랴

고을마다 서울 관리 한 명씩 둔다 해도

서울 관리 귀가 없고 백성은 입이 없으니

선정 베푼 회양 땅 급암 같은 사람 불러내어

살아남은 사람이라도 구해 내는 게 낫겠네

—

流民歎유민탄

蒼生難蒼生難창생난창생난　年貧爾無食연빈이무식

我有濟爾心아유제이심　而無濟爾力이무제이력

蒼生苦蒼生苦창생고창생고　天寒爾無衾천한이무금

彼有濟爾力피유제이력　而無濟爾心이무제이심

願回小人腹원회소인복　暫爲君子慮잠위군자려

暫借君子耳잠차군자이　試聽小民語시청소민어

小民有語君不知소민유어군부지　今歲蒼生皆失所금세창생개실소

北闕誰下憂民詔북궐수하우민조　州縣傳看一虛紙주현전간일허지

特遣京官問民瘼[1]특견경관문민막　馹騎日馳三百里[2,3]일기일치삼백리

吾民無力出門限오민무력출문한　　何暇面陳心內思하가면진심내사

縱使一郡一京官종사일군일경관　　京官無耳民無口경관무이민무구

不如喚起汲淮陽⁴불여환기급회양　　未死子遺猶可救미사혈유유가구

[참조] 어무적魚無迹(생몰연대 미상)

　조선 연산군 때의 문인으로 호는 낭선浪仙이다. 어무적의 부친 효량孝良은 사대부로서 사직司直을 지냈으나 모친이 관비 출신이어서 어무적은 처음에는 관노였다가 나중에 속량贖良을 받아 천민에서 벗어났을 것으로 추정된다. 그는 연산군 7년(1501년)에 상소를 올려 "나는 천민 출신으로 벼슬을 할 생각이 없지만 옛말에 '집이 위에서 새는 것을 밑에서 가장 잘 안다'고 했듯이 지금 이렇게 밑에 있으면서 세상의 잘못을 누구보다 잘 압니다."하면서, 백성들의 고통을 낱낱이 들어서 밝혔으나 소용이 없었다고 한다.

　그가 살던 고을 김해에서 관장官長이 매화나무에까지 세금을 징수하자 백성들이 매화나무를 도끼로 잘라 내는 것을 보고「작매부斫梅賦」를 지어 가혹한 관장의 횡포를 규탄하였는데, 이를 알게 된 관장의 체포령을 피해 유랑하던 중 역사驛舍에서 객사했다고 전해진다. 허균은 이 시를『국조시산國朝詩刪』에서 시의 기교가 뛰어날 뿐만 아니라 목민관의 거울이나 숫돌로 삼을 만한 내용이라 하였고『성수시화惺叟詩話』에서는 조선 최고의 고시(중국 당나라 이전에 널리 쓰였던 자유로운 시의 형태)라고 평했다.

---

1 民瘼민막: 백성이 병들다, 고통스럽다. 瘼막: 병들다, 앓다.

2 馹騎일기: 역마를 타다. 馹일: 역말(각 역참에 갖추어 둔 말).

3 日馳일치: 하루에 달리다. 馳치: 달리다, 질주하다.

4 汲淮陽급회양: 전설적인 목민관. 중국 한나라 때 선정을 베푼 회양 태수 급암汲黯.

56

친구 생각

이행 李荇

평생 사귄 벗들 모두 떠나고

백발이 되어 외로운 그림자 바라보네

높은 누각에 달 밝은 밤

피리 소리 처량하여 들을 수 없네

—

八月十五夜팔월십오야

平生交舊盡凋零[1] 평생교구진조영　　白髮相看影與形[2] 백발상간영여형

正是高樓明月夜 정시고루명월야　　笛聲凄斷不敢聽[3] 적성처단불감청

---

1 凋零조영: 시들어 사라짐.

2 影與形영여형: 형영상조形影相弔, 자기 몸과 그림자가 서로 불쌍히 여긴다는 뜻으로 외로운 모습을 뜻함.

3 凄斷처단: 쓸쓸한 피리 소리가 애간장을 끊음.

이행李荇(1478-1534)

조선 중종 때의 문신으로 호는 용재容齋이다. 저서로『용재집容齋集』이 있다. 1495년(연산군1)에 관직 생활을 시작했다. 1504년 갑자사화 때 홍문관 응교弘文館應敎로 있으면서 연산군의 생모인 폐비 윤씨의 복위를 반대하다 충주에 유배되고, 1506년 거제도에 위리안치圍籬安置되었다. 1531년 권신 김안로의 전횡을 논박하다가 오히려 그 일파의 반박으로 좌천되고 1532년 평안도 함종에 유배되어 그곳에서 죽었다.

갑자사화甲子士禍

성종의 비 윤씨는 질투가 심하여 왕비의 체모에 어긋난 행동을 하였다는 이유로 1479년(성종 10) 폐출되었다가 1482년 사사賜死되었다. 윤씨의 죽음에는 윤씨의 잘못도 있었지만 성종의 총애를 받던 엄숙의와 정숙의 그리고 성종의 어머니 인수대비가 합심하여 윤씨를 배척한 것도 하나의 원인이 되었다. 임사홍은 연산군을 사주하여 공신배척의 음모를 꾸몄다. 이때 폐비 윤씨의 생모 신씨가 폐비의 폐출과 사약을 받아 죽게 된 경위를 임사홍에게 일러바쳤고, 임사홍은 이를 연산군에게 밀고하면서 비극적 사건으로 확대되었다.

연산군은 정숙의와 엄숙의를 궁중에서 죽이고, 그의 조모 인수대비仁粹大妃는 화병으로 세상을 떠났다. 연산군이 폐비 윤씨를 복위시키려 하자, 권달수와 이행 등이 이를 적극 반대했다. 연산군은 권달수를 참형하고 이행은 귀양을 보냈다. 윤필상, 김굉필 등을 극형에 처하고 이미 죽은 한치형, 한명회, 정여창, 남효온 등을 부관참시剖棺斬屍했다.

57

달과 서리

이행 李荇

저녁 늦은 비 하늘 맑게 씻어 내더니

밤들어 하늘 높이 부는 바람 안개를 몰아가네

새벽 종소리에 꿈을 깨니 한기가 뼈골에 사무치는데

달과 서리는 서로 아름다움 다투네

―

霜月[1]**상월**

晩來微雨洗長天[2]만래미우세장천   入夜高風捲暝煙[3]입야고풍권명연

夢覺曉鐘寒徹骨·몽각효종한철골   素娥靑女鬪嬋娟[4,5,6]소아청녀투선연

---

1 霜月상월: 서리와 달.
2 微雨미우: 보슬비.
3 暝煙명연: 밤안개.
4 素娥소아: 달나라 선녀, 상아常娥, 항아姮娥, 달.
5 靑女청녀: 눈과 서리의 여신.
6 嬋娟선연: 아름다움. 嬋선: 곱다. 娟연: 아름답다.

58

길가에 선 소나무

김정 金淨

바닷바람 불어오면 슬픈 소리 멀리 사라지고
산에 달 높이 떠오르면 야윈 그림자 성글게 비추네
곧은 뿌리 땅속 깊이 닿아 있어
눈서리도 그 품격 온전히 꺾지 못하네

—

題路傍松[1] 제노방송

海風吹去悲聲遠 해풍취거비성원   山月高來瘦影疎[2] 산월고래수영소

賴有直根泉下到 뇌유직근천하도   雪霜標格未全除[3] 설상표격미전제

---

1 **題路傍松**제노방송: 길가에 있는 소나무를 글제로 하여 지음. 지은이가 제주도로 귀양을 가던 중 해남에
　서 길가의 소나무를 보고 지었다고 한다.
2 **瘦影**수영: 야윈 그림자.
3 **標格**표격: 목표로 삼을 만한 높은 품격.

김정金淨(1486-1520)

조선 중종 때의 문신으로 호는 충암沖菴이다. 시문과 그림에 두루 능했다. 기묘사화로 인하여 제주도로 유배되었다가 사사賜死되었다. 저서로 『충암집』이 있다.

기묘사화己卯士禍 |

1519년(중종 14) 남곤, 홍경주 등의 훈구파勳舊派에 의해 조광조 등의 신진사류들이 숙청된 사건. 중종반정으로 왕위에 오른 중종은 연산군의 폐정을 개혁하고 성균관을 중수하였으며 두 차례의 사화로 희생된 사람들을 신원하고 명망 있는 신진 사림파士林派를 등용하였다.

중종의 지지를 얻은 조광조와 신진 사류들은 성리학에 의거한 이상정치 실현을 목적으로 중종에게 철인군주주의 이론을 가르치며 군자를 중용하며 소인을 멀리할 것을 역설했다. 또한 현량과賢良科를 설치하여 유능한 인재를 등용하도록 하였다. 이를 통해 새로운 신진 사림들이 등용되어 정치에 새바람을 몰고 왔다. 그러나 뜻을 달리하는 문인의 사장詞章을 무가치한 것으로 치부하고 도학사상만을 강조하며 훈구파를 소인으로 지목하여 철저히 배척하였으며, 당면 정치 현실을 무시하고 급진적 이상주의를 펼쳤다.

특히 발단이 된 사건은 중종반정으로 공신 117명이 선정된 가운데 76명은 뚜렷한 공로도 없이 공훈의 혜택을 받았다. 이에 이들을 공신에서 삭제하여 작위를 삭탈하고 그들의 전답과 노비 등도 모두 국가에 귀속시켜야 한다는 위훈삭제僞勳削除 사건이 야기됐다. 조광조를 중심으로 한 사림파의 개혁정책에 대해 훈구파의 반발이 거세게 일어났다.

특히 중종은 임금의 권위마저 압박해 오는 것으로 받아들여 조광조와 신진 사류들을 경계하게 되고, 마침내는 그들을 몰아내게 된다. 조광조는 화순 능주로 귀양 가서 한 달 만에 사사되고 김정, 기준, 한충, 김식 등은 귀양을 갔다가 사형되었다. 사림파의 몰락으로 현량과는 폐지되었고 공신에서 삭탈된 훈구파들은 모두 복훈되어 빼앗겼던 재산을 모두 되찾게 되었다.

59

유물

서경덕 徐敬德

(1)

물질이 오고 오되 다함이 없네

다 왔는가 했는데 또다시 오네

오고 또 옴에 본래 시작이 없으니

그대는 아는가, 처음은 어디에서 오는지

(2)

물질이 돌아가고 돌아가되 다 돌아감이 없네

다 돌아갔나 했는데 다 돌아가지 않았네

돌아가고 돌아가나 돌아감 끝이 없네

그대는 아는가, 끝은 어디로 돌아가는지

有物吟유물음

(其一)

有物來來不盡來유물래래부진래　　來纔盡處又從來내재진처우종래

來來本自來無始래래본자래무시　　爲問君初何所來위문군초하소래

(其二)

有物歸歸不盡歸유물귀귀부진귀　　歸纔盡處未曾歸귀재진처미증귀

歸歸到底歸無了[1]귀귀도저귀무료　　爲問君從何所歸위문군종하소귀

[참조] 서경덕徐敬德(1489-1546)

　조선 성종 대에서 명종 대까지의 학자로 호는 화담花潭, 복재復齋이다.
이理보다 기氣를 중시하는 독자적인 기일원론氣一元論을 완성하여 주기론主
氣論의 선구자가 되었다. 박연폭포, 황진이와 더불어 송도삼절松都三絕로 불
린다. 저서로『화담집花潭集』이 있다.

서경덕의 기일원론氣一元論 ┃

　서경덕은 송대의 주돈이周敦頤, 소옹邵雍 및 장재張載의 철학사상을 조화
시켜 독자적인 기일원론氣一元論의 학설을 제창했다. 태허설太虛說에서 우주
공간에 충만한 원기原氣를 형이상학적인 대상으로 삼고 그 기의 본질을 태
허라 하였다. 그에 따르면, 기의 본질인 태허는 맑고 형체가 없는 것으로
선천先天이라 한다.

---

1 到底도저: 시종, 마침내.

그 크기는 한정이 없고 그에 앞서 아무런 시초도 없으며 그 유래는 추궁할 수도 없다. 또한 널리 가득 차 한계의 멀고 가까움이 없으며 꽉 차 있거나 빠진 데가 없으니 한 털끝만큼의 용납될 틈이 없다. 그렇지만 실재하니 이를 무無라 할 수 없는 것이다. 생성하고 소멸하는 모든 것은 무한히 변화하는 기氣의 율동律動이다. 그리고 바람이나 파도 또는 소나기처럼 밀리고 맥박 치는 생과 구름과 물방울처럼 사라지는 멸의 본체는 부침하고 율동하는 태허기太虛氣의 조화이다.

따라서 기는 우주를 포함하고도 남는 무한량한 것이며 가득 차 있어 빈틈이 없으며 시작도 없고 끝도 없는 영원한 존재다. 또한 스스로의 힘에 의해 만물을 생성할 수 있으므로 그것 이외의 어떤 원인이나 그 무엇에 의존하지 않는 것이다. 이러한 기氣는 모였다가 흩어지는 운동은 하지만 그 자체는 소멸하지 않는다. 기가 한데로 모이면 하나의 물건이 이루어지고 흩어지면 물건이 소멸한다.

그는 하나의 향촉香燭의 기라도 그것이 눈앞에서 흩어지는 것은 보이지만 그 남은 기운은 마침내 흩어지지 않는다고 하여 일기장존설一氣長存設을 주장했다. 이는 물리학에서 말하는 에너지보존의 법칙과 같다.

이기설理氣說의 입장을 밝힘에 있어 그는 "기氣 밖에 이理가 없다. 이란 기의 주재主宰이다. 주재란 것은 밖에서 기를 주재하는 것이 아니요, 기의 움직임이 그러한 까닭에 정당성을 가리켜 이것을 주재라 한다. 또한 이理는 기氣보다 선행할 수 없다. 기는 본래 시작이 없는 것이니 이도 본래 시작이 없는 것이다. 만일 이가 기보다 선행한다고 하면 이것은 기에 시작이 있는 것이다."라고 하여 이를 기 속에 포함시켜 둘로 보지 않는 기일원론氣一元論을 주장했다.

또한 인간의 죽음도 우주의 기에 환원還元된다는 사생일여死生一如를 주장함으로써 만물은 모두가 잠시 기탁寄託한 것과 같으니 기멸 가운데 항존恒存한다고 했다. 그의 학문과 사상은 이황李滉과 이이李珥 같은 학자들에 의해서 그 독창성이 높이 평가되었으며, 한국 기철학氣哲學의 학맥을 형성하게 되었다.

60

원숭이 그림

나식 羅湜

늙은 원숭이 한 마리 무리를 잃고서

해 질 녘 외로이 뗏목 위에 홀로 앉아 있네

오도카니 앉아 고개도 돌리지 않고

수많은 산에서 들리는 소리

귀 기울여 듣고 있네

—

題畫猿[1] 제화원

老猿失其群노원실기군   落日孤楂上[2]낙일고사상

兀坐首不回[3]올좌수불회   想聽千峰響상청천봉향

---

1 題畫猿제화원: 원숭이 그림을 보고 쓰다.
2 孤楂고사: 외로운 뗏목. 楂사: 뗏목.
3 兀坐올좌: 우뚝, 올연히 앉아 있다.

[참조] 나식羅湜(1498-1546)

조선 중기의 학자로 호는 장음정長吟亭이다. 김굉필, 조광조의 문인으로, 을사사화에 강계에 유배된 뒤 사사賜死되었다. 문집에 『장음정집長吟亭集』이 있다.

3부

풀이란 풀은
꽃망울 맺히고

달밤에 매화를 노래함(3)

이황 李滉

나막신 신고 뜰을 거니니 달이 나를 따라오네

매화 곁을 돌며 거닌 것이 몇 번이던가

밤 깊도록 앉아 일어나기 잊었더니

향기가 옷에 가득하고 꽃 그림자 몸에 가득하네

—

陶山月夜詠梅(其三)[1]도산월야영매

步屧中庭月趁人[2]보섭중정월진인　　梅邊行繞幾回巡[3]매변행요기회순

夜深坐久渾忘起야심좌구혼망기　　香滿衣巾影滿身향만의건영만신

---

1 陶山月夜詠梅(其三): 전체 6수 중 세 번째 시.
2 步屧보섭: 나막신을 신고 걷다. 屧섭: 나막신, 안창, 가다.
3 行繞행요: 둘레를 돌다.

[참조]

이황李滉(1501-1570)

조선 전기 성균관 대사성, 대제학 등을 역임한 문신이며 학자로 호는 퇴계退溪이다. 관직에서 물러난 후 1560년 도산서당陶山書堂을 짓고 아호를 도옹陶翁이라 정하고 이로부터 7년간 서당에 기거하며 독서와 수양, 저술에 전념하는 한편 많은 제자를 길러 냈다.

퇴계는 평생 성리학性理學을 추구한 성리학자다. 성리학이 확립된 시기는 중국 송나라 때인데, 불교가 서쪽에서 들어오자 공맹사상을 중시한 학자들이 종교성을 가미해 "인간은 어디에서 와서 어디로 가는가?" 하는 물음과 더불어 주돈이周敦頤의 태극도설이 토대가 되었다 한다. 주자朱子는 성리학에다 태극도설에서 말하는 태극과 음양의 이론을 구체화해서 성리학의 우주론, 이기론理氣論을 완성한다. 태극은 이理이고 음양과 오행은 기氣에 속한다. 이理와 기氣가 합해져서 만물이 태생한다는 이론이다. 퇴계는 주자의 이기론을 연구하여 이理를 상위 개념인 우주 만물의 근본 원리로 규정하고 기氣를 하부 개념으로 분리해 이기이원론理氣二元論을 완성했다.

퇴계가 매화를 앞에 두고 좋아한 이유는 매화가 음양과 오행의 천심天心을 알고 있는 꽃이라 여겼기 때문이라 한다. 매화는 우주의 가득 찬 음기陰氣가 끝나고 양기陽氣가 모이기 시작할 때 처음으로 피는 꽃으로 알려져 있다. 우리나라에서는 2월 말에 핀다. 분재매를 방 안에 들이면 동지가 지나고 소한 무렵에 꽃이 핀다고 한다.

중국인들은 동지가 지나고 양기가 돌기 시작하는 소한부터 곡우까지 120일간 5일 간격으로 봄바람이 24번 불어온다고 믿었다. 한 번 불 때마다 다른 꽃이 피어나는데, 처음 부는 바람에 피는 꽃이 매화이고 마지막 부는 바람에 피는 꽃이 모란인 것이다. 그래서 매화가 봄의 전령으로 불리며 매화를 우주의 비밀을 알고 있는 꽃이라고 생각했다.

퇴계가 단양 군수를 그만두고 떠날 때 친분을 맺은 기생 두향杜香으로부터 매분을 선물로 받았다. 두향은 퇴계 재임 시절 한 번 만나고 그 후 다시 못 만났지만 퇴계의 인품을 소중히 생각하고 평생 수절했다고 한다. 이 때문에 퇴계가 매화에 더욱 애착을 갖게 된 것이 아닌가라고 말하기도 한다. 퇴계가 임종할 때의 마지막 말도 "저 매화에 물을 주라."였다고 한다.

사칠논변四七論辨 |

사단四端이란 맹자가 말한 인의예지仁義禮智, 곧 측은지심惻隱之心과 수오지심羞惡之心, 사양지심辭讓之心, 시비지심是非之心을 말하며 칠정七情이란 예기에 실려 있는 희喜, 노怒, 애哀, 구懼, 애愛, 오惡, 욕欲의 일곱 가지 감정을 말한다. 사단은 인간의 본성이 그대로 발현된 것이고 칠정은 생각이나 헤아림에 의해 변질되어 발현된 것이다.

퇴계 이황李滉과 고봉 기대승奇大升(1535-1598)이 1559년부터 8년에 걸친 서신왕래를 통하여 사칠논변을 전개하고 율곡 이이李珥(1536-1598)와 우계 성혼成渾(1535-1598)이 1572년부터 6년에 걸친 서신왕래를 통하여 사칠논변을 전개한 이래 사칠논변은 한국 성리학의 핵심 논제가 되었다.

퇴계와 고봉의 논변에서는 퇴계의 이론이 더 치밀하였으나 율곡과 우계의 논변에서 퇴계의 입장에 선 우계보다 고봉의 입장에 선 율곡의 이론이 더 치밀하였으므로 퇴계와 율곡을 정상으로 하는 양대학파가 형성되었다. 이들의 출생 지역에 근거하여 영남학파嶺南學派와 기호학파畿湖學派로 분류하기도 한다.

퇴계는 인간 본연의 마음인 사단四端을 하늘의 요소로 보아 인간의 생각과 헤아림이 가미된 칠정七情과 엄격히 구분하였다. 이에 비해 율곡은 현실을 개혁하는 인간의 생각과 헤아림을 긍정하여 칠정 중에서 착한 것을 높여 사단과 일치시켰다. 퇴계에 의하면 사단은 인간의 본성이 순수하게 발현된 순선純善한 상태이므로 이理가 발현한 것이고, 칠정은 인간의 헤아림이 작용하는 양상에 따라 선한 것과 악한 것이 있으나 모두 기질에 의해 변질된 것이므로 기氣가 발현된 것이 된다. 그러나 율곡에 의하면 사단은 칠정 가운데 선한 것에 해당되므로 기가 발현한 것만 있게 된다고 주장했다.

친우의 시에 답하다

이황 李滉

내 성격은 늘 고요함을 즐기고
몸은 여위어 추위를 두려워하네
솔바람은 문 닫은 채 집 안에서 듣고
눈 속의 매화는 화로를 껴안고 보네
세상 사는 묘미 늙어 더 각별하고
인생은 마지막 길이 더 어려운 법이네
깨달음에 이르니 한바탕 웃음거리요
일찍이 헛된 꿈속의 일이네

—

次友人寄詩求和韻[1] 차우인기시구화운

性癖常耽靜 성벽상탐정   形骸實怕寒[2] 형해실파한
松風關院聽 송풍관원청   梅雪擁爐看 매설옹로간

世味衰年別세미쇠년별　　　人生末路難인생말로난

悟來成一笑오래성일소　　　爲是夢槐安³위시몽괴안

63

몸의 허물 맑은 물로 씻고

조식 曹植

온몸의 40년 전 허물을

천 섬의 맑은 물로 말끔히 씻어 내리라

혹시라도 오장에 티끌이 생긴다면

지금 당장 배를 갈라 물에 흘려보내리라

—

浴川욕천

全身四十年前累전신사십년전루　　千斛淸淵洗盡休[1]천곡청연세진휴

塵土倘能生五內진토당능생오내　　直今刳腹付歸流[2]직금고복부귀류

[참조] 조식曹植(1501~1572)

1　千斛천곡: 많은 양의 물. 斛곡: '휘' 넣을 수 있는 물건 부피의 최댓값. 열 말들이 곡.
2　刳腹고복: 배를 가르다. 刳고: 가르다, 쪼개다, 도려내다.

조선 중기의 학자로 호는 남명南冥이며 시호는 문정文貞이다. 20대 중반까지 서울에 살며 성수침, 성운 등과 교제하며 학문에 열중했고, 25세 때 성리대전性理大全을 읽고 깨달은 바 있어 성리학에 전념했다. 철저한 절제로 일관하여 불의와 타협하지 않았으며 당시의 사회 현실과 정치적 모순에 대해서는 적극적인 비판의 자세를 견지하였다.

1549년 8월 초에 감악산(경남 거창) 아래 노닐었는데 함양의 문사인 임희무와 박승원이 찾아와 함께 목욕했다고 한다. 그때 시인의 기개를 시로 남긴 것으로 본다. 『남명집』 「행록」에 의하면 "배움이 없는 시골 사람에 이르기까지 모두 남명 선생을 알았다. 학사와 대부로 선생을 알건 모르건 선생을 일컫는 사람들은 반드시 가을 서리와 뜨거운 태양이라고 했다 至於鄙夫野人 皆知有南冥先生而學士大夫 識與不識稱先生者必曰秋霜烈日云."라고 하여 남명 선생의 기질을 추상열일秋霜烈日로 묘사하고 있어 그가 강직하고 올곧은 선비였음을 알 수 있다.

64

버드나무 물가에 찾아온 손님

김인후 金麟厚

손님이 찾아와 사립문 두드리니

여러 차례 소리에 놀라 낮잠에서 깼네

관 쓰느라 미처 인사를 못했는데

말을 매어 놓고 물가에서 서성이네

—

柳汀迎客유정영객(소쇄원39詠)[1]

有客來敲竹[2]유객래고죽	數聲驚晝眠수성경주면
扶冠謝不及[3]부관사불급	繫馬立汀邊계마입정변

---

1 소쇄원39영: 소쇄원 경치를 묘사한 48영 가운데 39영이다.
2 敲竹고죽: 대나무로 엮은 사립문을 두드리다.
3 扶冠부관: 관을 쓰다.

김인후金麟厚(1510-1560)

조선 중기의 문신이자 학자로 호는 하서河西이다. 그의 5대조 김온金穩이 세자 책봉에 연루되어 사시賜死되자 전라도 장성에 이주하여 살았다. 1528년에는 성균관에 들어가 이황과 함께 학문을 닦았다. 1545년 인종이 즉위 8개월 만에 사망하고 을사사화가 일어난 후에는 병을 치료한다는 이유로 고향인 장성에 내려가 성리학 연구에 매진했다. 하서는 성경誠敬의 실천을 학문의 목표로 하고 이황의 이기일물설理氣一物設에 반론하여 이기는 혼합하여 있는 것이라고 주장했다. 문집에 『하서전집河西全集』이 있으며 저서에 『주역관상편周易觀象篇』과 『서명사천도西銘四天圖』 등이 있다.

소쇄원瀟灑園 |

1530년 조광조의 제자 소쇄옹 양산보梁山甫(1503-1557)가 전남 담양군 지곡리에 건립한 것으로 현재 남아 있는 우리나라 유일의 조선시대 정원. 1983년 사적 제304호로 지정되었다가 2008년 명승 제40호로 변경되었다. 이곳은 물이 흘러내리는 계곡을 사이에 두고 여러 건물을 지어 자연과 조화를 이루는 조선 시대의 대표적 정원이다. 제월당霽月堂과 광풍각光風閣, 오곡문五曲門, 애양단愛陽壇, 고암정사鼓巖精舍 등으로 이루어져 있다. 소쇄옹 양산보는 기묘사화로 스승 조광조가 사약을 받고 사망하자 이에 충격을 받고 벼슬을 떠나 고향으로 낙향하여 소쇄원을 건축하였다.

65

산속의 생활

권응인 權應仁

푸른 산봉우리 의지해 집을 짓고

항아리 들고 가 푸른 계곡물 담아 오네

길은 대나무숲 사이로 가늘게 내고

울타리는 산이 보이게 나지막하게 쳤네

돌을 베고 누우면 두건에 이끼 묻어나고

꽃을 심으니 진흙에 신발자국 찍히네

번화한 세상은 꿈에도 가지 않으니

한가한 맛은 그윽하게 사는 데 있네

―

山居산거

結屋倚靑嶂[1]결옥의청장　　携甁盛碧溪휴병성벽계

逕因穿竹細경인천죽세　　籬爲見山低이위견산저

枕石巾粘蘚침석건점선   栽花屐印泥[2]재화극인니

繁華夢不到번화몽부도   閑味在幽栖한미재유서

[참조] 권응인權應仁(1517-?)

조선 중기의 문인으로 호는 송계松溪이다. 그는 서류 출신으로 큰 벼슬은 못 했으나, 퇴계 이황의 제자로 시문에 능하였다. 문집으로 『송계집松溪集』이 있다.

---

1 靑嶂청장: 푸른 산봉우리. 嶂장: 산봉우리.

2 극인屐印: 나막신 자국. 屐극: 나막신.

66

깊은 산에 홀로 앉아

서산대사 西山大師

깊은 산에 홀로 앉았으니 만사가 가볍네
사립문 닫고 종일 생의 덧없음을 배우니
한 생애를 돌아봐도 남은 것 없고
한 잔의 차와 한 권의 경뿐이네

—

獨坐深山독좌심산

獨坐深山萬事輕독좌심산만사경   掩關終日學無生[1]엄관종일학무생
生涯點檢無餘事생애점검무여사   一椀新茶一卷經일완신다일권경

---

1 **掩關**엄관: 문을 닫다. **掩**엄: 가리다, 숨기다, (문을) 닫다.

[참조] 서산대사西山大師(1520~1604)

조선 중기 승려이며 승군장으로 속명은 최여신崔汝信이다. 호는 휴정休靜, 청허淸虛, 백화도인白華道人 또는 서산대사西山大師이다. 저서로『청허당집淸虛堂集』4권 2책과『선교결禪敎訣』,『심법요초心法要抄』,『삼가귀감三家龜鑑』등이 있다.

휴정은 9세에 어머니를 여의고 이듬해 아버지가 돌아가시자 안주목사 이사증李思曾을 따라 서울에 옮겨 와서 3년 동안 성균관에서 무예를 익혔다. 이후 불경을 탐구한 후 깨달은 바 있어 숭인장로崇仁長老를 스승으로 모시고 출가했다. 1549년(명종 4년) 승과에 급제하였고 대선大選을 거쳐 선교양종판사禪敎兩宗判事가 되었다.

1592년 임진왜란이 일어나자 선조는 평양으로 피난하였다가 다시 의주로 피난하였다. 이때 선조는 묘향산에 있는 휴정에게 사신을 보내 나라의 위급함을 알렸다. 이후 휴정은 선조를 만난 후 전국에 격문을 돌려 각처의 승려들이 구국에 앞장서도록 하였다. 이에 제자 처영處英은 지리산에서 궐기하여 권율의 휘하에서 활동했고 유정惟政은 금강산에서 1,000여 명의 승군을 모아 평양으로 왔다. 휴정은 문도 1,500명의 의승군을 통솔하여 명나라 군사와 함께 평양을 탈환하였다. 선조는 그에게 팔도선교도총섭八道禪敎都摠攝이라는 직함을 내렸으나 그는 나이가 많음을 이유로 군직을 제자인 유정에게 물려주고 묘향산으로 들어가 나라의 평안을 기원하였다.

휴정은 그 뒤에도 여러 곳을 순력巡歷하다가 1,604년 1월 묘향산 원적암圓寂庵에서 설법을 마치고 자신의 영정을 꺼내어 그 뒷면에 "80년 전에는 네가 나이더니 80년 후에는 내가 너로구나 八十年前渠是我 八十年後我是渠"라는 시를 적어 유정과 처영에게 전하게 하고 가부좌하여 앉은 채로 입적하였으니 그때 나이 85세 법랍 67세였다.

휴정의 선교관禪敎觀은 "선은 부처님 마음이고 교는 부처님 말씀이다. 禪是佛心 敎是佛語"는 간단하고 명료한 정의로 그 진수를 밝혔다. 선가귀감에서는 선은 분별없는 경계를 뜻대로 오가는 천지간의 한도인閑道人이며 교문의 8만 4천여 법문은 일심一心에 귀착하여 일념회광으로一念廻光으로 견성일의見性一義에 귀결한다고 했다.

그의 제자는 1,000여 명에 이르렀으며 그중에 뛰어난 자가 70여 명이었다고 한다. 그 가운데서도 사명유정四溟惟政, 소요태능逍遙太能, 정관일선靜觀一禪, 편양언기鞭羊彦機 네 사람은 가장 대표적인 제자로 휴정문하의 사대파를 이루었다.

67

언행의 허물

기대승 奇大升

존재라 하는 호를 삼고 능히 보존 못 하니
늘 지난 언행의 허물을 누구에게 말할까
가장 가엾은 것은 품성이 거친 기운 타고 나서
처한 곳마다 거친 성질이 마음 바탕을 흔드네

―

行到稷山感懷有述寄上退溪先生행도직산감회유술기상퇴계선생
揭號存齋未克存[1]게호존재미극존　尋常悔吝向誰言[2]심상회린향수언
最憐稟得疎狂氣최련품득소광기　隨處縫稜擾性源[3,4]수처봉릉요성원

---

1 **存齋**존재: 마음을 엄숙히 경계하다.
2 **悔吝**회린: 회한, 과오. 吝린: 아끼다, 인색하다.
3 **縫稜**봉릉: 모난 것을 바로 하다. 稜릉 : 모나다. 모서리.
4 **性源**성원: 마음의 바탕, 본성.

기대승奇大升(1527-1572)

조선 중기의 성리학자이며 호는 고봉高峰, 존재存齋이다. 1558년 식년문과에 급제하고 사관史官이 되었다. 1570년(선조 3) 대사성 때 이준경과의 불화로 해직되었다. 1572년 다시 대사간을 지내다가 병으로 그만두고 귀향하는 도중 고부古阜에서 객사했다. 주요 저서로『고봉집高峯集』과『주자문록朱子文錄』,『논사록論思錄』등이 있다.

사단칠정론四端七情論 ┃

퇴계는 사단四端은 이理에서 나오며 칠정七情은 기氣에서 나오므로 이기이원론理氣二元論을 강조하여 사단으로 칠정을 통제할 수 있어야 한다고 주장했다. 퇴계는 사단과 칠정이 다 같이 정감이지만 사단四端은 인의예지仁義禮智라는 본성에서 발동해 나오고 칠정七情(희로애락애오욕)은 기질이 발동해 나오는데, 본성은 순선純善하고 기질은 선악이 혼재해 있으므로 사단과 칠정은 나누어서 보아야 한다는 이기이원론理氣二元論의 입장을 제시하였다.

이에 대해서 기대승은 사단은 칠정 속에 포함되어 있다고 주장했다. 사단과 칠정은 모두 인간의 감정으로 이理와 기氣에서 따로 발한다는 것은 잘못된 것이라고 했다. 즉, "사단과 칠정은 분리된 감정이 아니며 칠정 중의 선한 부분이 사단을 가리키는 것으로 사단과 칠정은 다 하나의 정감인데 칠정은 정감 전체를 말하며 사단은 칠정 중에서 선한 쪽만 들어서 말한 것이다. 왜냐하면 사단과 칠정은 이치와 기운이 하나로 섞여 있어서 둘을 따로 떼어 놓을 수 없기 때문이다."라고 말하여 사단도 칠정의 하나로 보는 이기일원론理氣一元論의 견해를 제시했다.

이황과 고봉은 26세라는 나이 차에도 불구하고 사제지간으로서 서로 서신을 주고받으며 자신의 주장을 말하고 상대의 의견을 존중하는 과정을 통해서 성리학을 심오한 차원으로 발전시켜 후세에 전하였다.

68

노란 국화 흰 국화

고경명 高敬命

본래 빛깔로 말하면 노란 국화가 귀하다 하나

천연스런 자태 지닌 흰 국화도 신비롭네

세상 사람들 국화를 구별해서 말하지만

서리에 굴하지 않는 건 둘 다 같다네

—

詠黃白二菊영황백이국

正色黃爲貴정색황위기   天姿白亦奇천자백역기

世人看自別세인간자별   均是傲霜枝[1]균시오상지

---

1 傲霜오상: 서릿발 추위에도 굴하지 않는 기개.

[참조]

고경명 高敬命(1533-1592)

조선 선조宣祖 때의 문인이며 의병장으로 호는 제봉霽峰이다. 제봉은 임진왜란 때 치열했던 금산전투에서 순절殉節했다. 시와 글씨 그림에 뛰어났다. 저서로『제봉집霽峰集』이 있다.

제봉은 1558년(명종 13년) 문과 갑과에 장원급제해 벼슬을 시작했다. 울산, 영암, 한산, 서산, 순창군수를 거쳐 임란 한 해 전 동래부사를 끝으로 낙향했다. 노년의 제봉은 왜구의 침략으로 선조가 의주로 파천했다는 소식에 분연히 일어섰다. 59세의 나이로 건강이 온전치 못했지만 격문을 돌려 의병 6,000여 명을 담양에 모아 진용을 편성했다. 유팽로, 안영, 양대박을 종사관으로 삼고 출사표를 조정에 보냈다. 그는 아들 고인후高因厚에게 무주, 진안에 복병 수백 명을 배치해 왜구가 영남에서 호남으로 넘어오지 못하게 했다. 그 후 진을 옮겨 장남 고종후高從厚 차남 고인후와 합류한 뒤 호서, 경기, 해서 지역에 창의구국倡義救國의 격문을 보냈다.

제봉은 호서 의병장 조헌에게 왜구 토벌을 제의했으나 조헌이 청주공략에 바빠 참전을 못 하자, 제봉은 전라도 방어 관군과 함께 왜구가 주둔한 금산성을 공격했다. 그러나 1만 명이 넘는 왜적의 저항과 관군의 무능함으로 일진일퇴를 거듭하다 왜적은 취약한 관군을 먼저 무너뜨린 후 의병부대를 기습했다. 그때 제봉과 차남 인후 등 수 많은 의병이 목숨을 잃었다. 비록 패했지만 의병들의 분투로 왜적의 기세는 한풀 꺾였다. 곡창 전라도를 왜구가 넘보지 못하게 했기 때문에 충무공의 수군이 해전에서 연승할 수 있었던 것이다.

치열한 금산전투에서 장남 종후는 가까스로 목숨을 건졌다. 아버지와 동생의 시신을 40여 일 뒤 간신히 수습한 뒤 다시 의병을 일으켜 스스로 복수復讐 의병장으로 칭했다. 그때 진주성이 함락될 위기에 처하자 김천일 등과 함께 왜적을 상대로 9일간 사투를 벌이다 전세가 기울자 남강에 몸을 던져 순절殉節했다.

3부자가 한 전쟁에서 순국한 사례는 세계 전사에 없다고 한다. 3부자가 과거에 급제한 문인들이다. 15세 막내도 전쟁터로 떠나는 아버지를 따라 나섰다. 그러나 제봉은 어머니를 잘 모시고 자신의 시문집을 잘 보관할 것을 당부하여 막내를 돌려보냈다. 출가한 장녀는 몇 년 뒤 정유재란 때 남편이 왜적의 칼에 전사하자 장검에 몸을 던져 자결했다. 전남 담양 창평의 대종가 고택 벽에는 세독충정世篤忠貞이라는 휘호가 있다. '사람이 세상을 살아감에 있어 나라에 충성하고 곧은 마음을 굳게 지녀야 한다.'는 제봉 선생의 좌우명이다.

포충사褒忠祠 |

광주시 남구 원산동에 있다. 1592년 임진왜란 당시 호남에서 최초로 의병 6,000여 명을 모집하여 왜군과 싸우다가 1592년 8월 금산싸움에서 전사한 고경명과 두 아들 종후와 인후 3부자와 유팽로, 안영 등 5명의 충절을 기리기 위한 서원이다. 1603년 박지효와 그 후손들이 임금에게 사액賜額을 청하여 포충이라는 이름과 편액을 받았다. 포충사는 1865년 대원군이 전국의 서원을 정리할 때도 장성의 필암서원筆巖書院과 함께 폐쇄되지 않았던 전남 지방의 2대 서원 가운데 하나이다. 포충사에는 고경명의 친필로 쓰인 마상격문馬上檄文과 목판 493장 등이 보존되어 있다.

고기잡이배

고경명 高敬命

갈대밭에 바람 일고 눈은 허공에 날리는데
술을 사 가지고 와서 거룻배를 매어 놓았네
몇 가락 퉁소 소리와 강물에 빛나는 흰 달
물가에 자던 새들 날아 안개 속으로 사라지네

一

漁舟圖[1]어주도

蘆洲風颭雪滿空[2]노주풍점설만공　　沽酒歸來繫短篷[3,4]고주귀래계단봉
橫笛數聲江月白횡적수성강월백　　宿禽飛起渚煙中[5]숙금비기저연중

---

1 漁舟圖어주도: 고기잡이배 그림을 보고 지은 시. 이를 제화시題畵詩라 한다.
2 蘆洲노주: 강가 모래톱에 자라는 갈대.
3 沽酒고주: 술을 사다. 沽고: 팔다, 사다. 술장수.
4 篷봉: 거룻배, 작은 배.
5 渚煙저연: 강가에 이는 안개. 渚저: 물가 모래섬.

보름달

송익필 宋翼弼

보름달 될 때까지는 더디다 근심했는데
보름달 된 후에는 어찌 쉬이 이지러지는가
한 달 중 둥근 날은 하룻밤인 것을
인생 백 년의 심사도 모두 이와 같다네

—

望月망월

未圓常恨就圓遲미원상한취원지　　　圓後如何易就虧[1]원후여하이취휴

三十夜中圓一夜삼십야중원일야　　　百年心事總如斯백년심사총여사

---

1 就虧취휴: 이지러지다

[참조] 송익필宋翼弼(1534~1599)

조선 중기 때의 학자이며 문인으로 호는 구봉龜峰이다. 그는 서얼 출신으로 벼슬은 못 했으나 율곡 이이, 성혼 등과 성리학에 대한 논변을 하였으며 예학에 밝았다. 고양의 구봉산 아래 살며 제자를 가르쳤으며 그의 예학을 김장생이 계승하여 예학의 대가가 되었다. 그의 문하에서 김장생, 김집, 정엽 등의 학자가 배출되었으며, 시문에 능하여 이산해, 최경창, 백광훈, 최립, 이순신, 윤탁연, 하응림 등과 함께 선조대의 8문장가로 일컬어졌다.

71

한적한 곳에 묻혀

송익필 宋翼弼

봄풀은 바위 집 위에 돋아나고

그윽한 거처엔 세상일 드무네

낮게 드리운 꽃향기 베개에 젖어들고

산이 가까우니 푸른빛이 옷에 배어드네

내리는 비는 가늘어 연못에서야 보이고

미풍은 버들가지를 보고 알겠네

하늘의 기미는 자취가 없어

담담함은 내 마음과 어긋나지 않네

幽居유거

春草上巖扉춘초상암비   幽居塵事稀[1] 유거진사희

花低香襲枕화저향습침   山近翠生衣[2] 산근취생의

雨細池中見³세우지중현   風微柳上知풍미유상지

天機無跡處천기무적처   淡不與心違⁴담불여심위

1 塵事진사: 세상의 잡다한 일들.
2 翠生衣취생의: 푸른 산빛이 옷에 배어들다.
3 池中見지중현: 세우細雨가 연못에 나타나 보인다. 見견자는 본다는 뜻의 견보다는 나타날 현으로 보아
   야 한다.
4 心違심위: 마음에 어긋나지 않다.

72

술을 끊다

정철 鄭澈

내게 왜 술을 끊었냐 묻는다면

술에 묘미 있다 하나 나는 알지 못한다 하리

병진년에서 신사년까지 30년

매일 아침저녁으로 금술잔을 기울였지

지금껏 마음속 수심을 없애지 못했으니

술 속에 묘미 있다는 말 나는 알지 못하네

—

已斷酒이단주

問君何以已斷酒문군하이이단주 　 酒中有妙吾不知주중유묘오부지

自丙辰年至辛巳자병진년지신사 　 朝朝暮暮金屈卮[1]조조모모금굴치

---

1 屈卮굴치: 술잔을 기울이다. 卮치: 잔, 술잔.

至今未下心中城지금미하심중성　　酒中有妙吾不知주중유묘오부지

[참조]

정철鄭澈(1536-1593)

조선 중기 때의 문신으로 호는 송강松江이다. 1562년 문과에 급제한 후 벼슬은 강원도 관찰사, 좌의정 등을 역임했다. 이이, 성혼 등의 학자들과 교유했다. 송강은 한시뿐만 아니라 가사문학歌辭文學의 대가로서 고산 윤선도의 시조와 함께 우리말의 아름다움을 잘 살려 한국 시가문학의 수준을 한 단계 높인 것으로 평가받는다. 작품으로 「관동별곡」, 「사미인곡」, 「속미인곡」, 「성산별곡」, 네 편의 가사 외에도 1백 수 이상의 주옥같은 시조를 남겼다.

그는 서울에서 태어나 자랐으며 왕실의 인척으로 위세가 높았다. 그러나 명종 즉위 후 발생한 을사사화에 계림군을 비롯하여 부친과 그의 형이 연루되면서 가세가 기울었고, 전라도 창평에 낙향해 10여 년을 지냈다. 이때 스승 기대승과 김인후, 유희춘 등을 만나 학문을 배웠고 이이, 성혼 등과 교류하면서 자신의 이름을 알렸다.

명종 17년 과거에 급제해 관료 생활을 시작한 정철은 원칙과 소신을 가진 관료였다. 당시 조정이 동인과 서인의 당파로 나뉘어 있을 때, 동인들이 가장 기피하는 인물이 정철이었다 한다. 동인과 서인의 갈등으로 동인들이 정철(당시 이조판서)을 탄핵해야 한다고 간청했을 때, 선조는 정철은 마음이 곧고 행실은 바르나 다만 당대에 용납되지 못하고 사람들로부터 미움을 샀다고 하면서 힘을 다해 직무에 충실했던 점과 충직한 절의 때문에 초목조차 그 이름을 기억한다며 그는 백관 중의 독수리요 대궐의 맹호라고 했다.

동인과 서인의 분당 이후 정철이 속한 서인은 조정에서 열세였다. 그때 반전의 기회가 왔는데, 정여립 옥사 사건이었다. 당시 정철은 심문을 주관하는 위관이었다. 정여립 옥사 사건으로 주도권을 잡은 정철과 서인 측에서는 선조 생존 시 세자책봉에 대한 건의 문제가 생겼다. 유성룡, 이산해와 정철이 함께 세자 책봉을 논의하게 되었는데 거론 인물은 광해군이었다. 그런데 이산해가 약속을 배신한 후 오히려 선조가 의중에 두고 있던 안빈 김씨 소생 신성군의 외삼촌 김공량에게 이 사실을 알리고 이를 선조까지 알게 되었다. 이로 인해 정철은 좌의정에서 면직되고 그의 정치 일생은 마감하게 된다.

기축옥사 己丑獄死 |

기축사화라고도 한다. 1589년 정여립鄭汝立을 비롯한 동인의 인물들이 모반의 혐의로 박해를 받은 사건.

정여립은 원래 서인인 이이, 성혼 등과 가까이 교유했다. 정여립은 1570년(선조 2) 문과에 급제한 뒤 홍문관 수찬 등을 지냈으며 이이는 여러 차례 그를 천거하기도 했지만 그는 동인인 이발 등과 가까이 지냈으며, 이이가 죽은 뒤 공개적으로 이이와 성혼 등을 비판하며 서인들의 반감을 사서 여러 차례 탄핵을 받았다. 그는 동인의 중심인물로 떠올랐으나 벼슬을 그만두고 전주로 내려가 진안 죽도에서 서실을 짓고 강론을 하며 대동계를 조직했다. 1587년 전주 부윤의 요청을 받고 대동계원들과 함께 전라도 도서 지방에 침입한 왜구를 격퇴하기도 했다.

그런데 1589년 황해감사 한준, 안악군수 이축, 재령군수 박춘간 등은 정여립이 대동계를 이끌고 반란을 꾀하고 있다고 선조에게 고변했고, 체포령이 내려진 후 정여립은 죽도에서 갑자기 죽게 된다. 서인세력은 동인세력을 제거하고 정권을 장악하는 기회로 삼기 위해 정여립 모반 사건을 확대했고, 그 뒤 2년 넘게 서인인 정철의 주도 하에 수많은 동인 인물들이 탄압을 받게 된다. 이발, 이길, 이급 형제와 백유양 등 수많은 사람이 정여립과 가까이 지냈다는 이유로 심문을 받다가 죽임을 당했으며 영의정 노수신, 우의정 정언신 등 동인의 핵심 인물들이 파직당하게 된다. 특히 조식의 문인들이 큰 피해를 입는다.

정여립의 사건과 관련된 국문翰問은 3년 가까이 계속되는데 이 기간 동안 1,000여 명이 화를 입었으며 정권을 잡았던 동인들은 몰락하고 서인이 정국을 주도하게 된다. 서인들은 이산해와 류성룡도 정여립 사건과 연루된 것으로 몰아가려 했으나, 서인들의 지나친 세력 확대에 반발한 선조가 정철을 파직함으로써 기축년에 시작된 옥사가 마무리되게 된다.

정려립이 실제로 모반을 하였다고 확실히 드러난 물증은 존재하지 않는다. 이 사건이 서인으로부터 조작된 것이라는 주장은 당시부터 제기되었다. 동인에 대한 반감을 가지고 있던 송익필과 정철의 음모로 날조된 사건이라는 것이다.

73

송강정에서 하룻밤

정철 鄭澈

밝은 달은 빈 뜰에 내리는데

주인은 어디로 갔는지

낙엽은 져서 사립문을 가리고

바람과 소나무가 밤 깊도록 이야기하네

——

宿松江亭舍[1] 숙송강정사

明月在空庭 명월재공정	主人何處去 주인하처거
落葉掩柴門[2] 낙엽엄시문	風松夜深語 풍송야심어

---

1 宿松江亭舍숙송강정사: 송강정사에 묵다. 송강정은 '담양군 고서면 원강리'에 자리한 정자이다. 앞에는 부능산에서 발원한 증암강이 흐른다. 정철이 말년에 「사미인곡」과 「속미인곡」을 지으며 은거한 곳으로 알려져 있다. 지금의 정자가 있기 이전 1770년에 후손들이 그를 기리기 위해 세운 것이며 당시에는 초막으로 죽록정竹綠亭이라고 불렸다 한다.

2 柴門시문: 사립문.

화석정

이이 李珥

숲속 정자에 가을이 이미 깊은데

시인의 생각은 끝이 없네

멀리 흐르는 강물은 푸른 하늘에 잇닿아 있고

서리 맞은 단풍은 햇빛 받아 붉네

산은 둥근 달을 토해 내고

강은 만 리의 바람을 머금었네

변방의 기러기는 어디로 날아가는지

울음소리 저녁 구름 속으로 사라지네

—

花石亭화석정

林亭秋已晩임정추이만   騷客意無窮[1] 소객의무궁

遠水連天碧원수연천벽   霜楓向日紅상풍향일홍

山吐孤輪月산토고륜월　　　　江含萬里風강함만리풍

塞鴻何處去[2]새홍하처거　　　　聲斷暮雲中성단모운중

[참조]

이이李珥(1536-1584)

조선 중기의 유학자이자 정치가로 호는 율곡栗谷이다. 율곡은 1536년(중종 31) 사헌부 감찰을 지낸 이원수와 사임당 신씨 사이에 외가인 강릉에서 출생했다. 1548년(명종 3) 진사시에 13세의 나이로 합격했으며 1554년 금강산 마하연으로 들어가 불교를 공부했으나 이듬해 하산하여 강릉에서 자경문自警文을 짓고 성리학에 전념했다.

1558년(명종 13)에 별시에서 천문 기상의 순행과 이변 등에 대해 논한 『천도책天道策』을 지어 장원으로 급제하였으며 1546년에 실시된 대과에서 문과의 초시, 복시, 전시 모두 장원으로 합격하여 삼장장원三場壯元으로 불렸다. 생원시와 진사시를 포함해 응시한 아홉 차례 과거에 모두 장원으로 합격하여 구도장원공九度壯元公이라 불리기도 하였다. 정철과 함께 경세제민經世濟民의 사회개혁안에 대해 논한 「동호문답東湖問答」을 써서 선조에게 올렸다. 1571년 청주목사의 관직에서 물러나 파주 율곡촌으로 거처를 옮겼다.

홍문관 부제학으로 있던 1575년(선조 8) 선조에게 제왕학의 지침서인 『성학집요聖學輯要』를 저술하여 제출하였으나 1577년 관직에서 물러나 해주로 낙향하여 어린이 교육을 위해 『격몽요결擊蒙要訣』을 편찬했다. 1583년에는

---

1 騷客소객: 나그네, 지은이를 뜻함.
2 塞鴻새홍: 변방을 날아가는 기러기.

병조판서가 되어 선조에게 십만양병설을 주장하였으며 시무육조時務六條를 올려 국력을 키울 것을 건의하였다. 1584년 음력 1월 16일 49세의 나이로 서울 대사동에서 타계하여 파주 자운산 선영에 묻혔으며 문성공文成公이라 는 시호를 받았다.

화석정化石亭 ㅣ

경기도 파주시 파평면 화석정로에 임진강이 내려다보이는 언덕 위에 자 리 잡은 정자로 자운서원紫雲書院과 가까운 거리에 있다. 화석정을 처음 세 운 이는 율곡의 5대조이고 율곡 선생이 이 정자를 다시 세웠다고 한다. 이 정자에는 율곡 선생이 여덟 살 때 지었다고 하는 시「화석정」현판이 있다.

75

봄날

백광훈 白光勳

석양은 강물 위에 번지는데

가랑비 속에 강을 건너는 사람

그 여운 아득히 찾을 길 없고

강변엔 꽃이 피고 나무마다 봄빛 가득하네

—

春日춘일

夕陽江上筵¹ 석양강상연　　　細雨渡江人세우도강인

餘響杳無處여향묘무처　　　江花樹樹春강화수수춘

———

1 筵연: 대자리, 자리를 펴다.

[참조] 백광훈白光勳(1537-1582)

조선 중기 때의 시인이며 호는 옥봉玉峰이다. 당시풍의 한시에 능하여 이 달, 최경창과 함께 삼당시인三唐詩人으로 불렸다. 문집으로『옥봉집玉峰集』 이 있다.

꽃 피고 지는 일

송한필 宋翰弼

어제 내린 비에 꽃 피더니

오늘 아침 바람에 꽃이 지네

가련하다 한 해 봄의 일

비바람 속에 오고 가는구나

―

偶吟¹우음

花開昨日雨화개작일우　　　花落今朝風화락금조풍

可憐一春事가련일춘사　　　往來風雨中왕래풍우중

―――

1 偶吟우음: 우연히 읊다.

[참조] 송한필宋翰弼(1539-?)

조선 선조 때의 학자로 호는 운곡雲谷이다. 그의 형 송익필宋翼弼과 함께 성리학과 문장가로 이름이 높았다. 이이李珥는 성리학을 토론할 만한 사람은 익필翼弼 형제뿐이라고 하였다 한다.

77

보리 베는 노래

이달 李達

농가 젊은 아낙네 저녁 끼니가 없어

빗속에 보리 베어 숲속 길 돌아오네

생솔가지 비에 젖어 연기도 나지 않고

문 열고 들어선 아이들 옷 부여잡고 칭얼대네

刈麥謠예맥요

田家少婦無夜食전가소부무야식   雨中刈麥林中歸[1]우중예맥임중귀

生薪帶濕烟不起[2]생신대습연불기   入門兒子啼牽衣입문아자제견의

---

1 刈麥예맥: 보리를 베다.

2 生薪생신: 생나무 땔감.

[참조] 이달李達(1539-1612)

　조선 중기의 시인이자 서예가로 호는 손곡蓀谷이다. 『홍길동전』을 지은 허균과 그의 누이 허난설헌에게 시를 가르쳤으며, 허균은 스승 이달이 훌륭한 재능을 가지고 있었으나 서얼 출신으로 출세를 못하자 이를 가슴 아파해 『홍길동전』을 지었다는 설이 있다. 여러 지방을 찾아다니며 시를 지었는데 주로 전라도 지방에서 많이 모였다. 임제, 허봉, 양대박, 고경명 등과도 자주 어울려 시를 지었다고 한다.

78

대추 터는 아이들

이달 李達

이웃집 장난꾸러기들 대추를 터는데
늙은이가 문 열고 나와 아이들을 내쫓네
아이들 달아나다 돌아서서 하는 말
내년 대추 익을 때까지 살지도 못한대요

—

撲棗謠박조요

隣家小兒來撲棗[1]인가소아래박조　　老翁出門驅小兒노옹출문구소아

小兒還向老翁道[2]소아환향노옹도　　不及明年棗熟時[3]불급명년조숙시

---

1 撲棗박조: 대추를 털다.
2 還向환향: 뒤돌아 ~를 향해.
3 棗熟時조숙시: 대추열매가 익을 때

삼각산 문수사

최립 崔岦

이미 십 년이 지나 문수사길 흐릿한데

꿈속에서 성곽 넘어 북서쪽을 찾아가네

지팡이 짚고 서면 골짜기마다 오고 가는 구름

문을 열면 산봉우리마다 떴다가 지는 달

풍경 소리 잦아들 때 돌 틈에 흐르는 새벽 샘물 소리와

등 심지 돋을 때 솔바람에 실려 오는 사슴의 울음

이 같은 정경을 언제나 스님과 함께 가져 보나

벼슬길은 칠월 진흙탕 길처럼 괴롭기만 하네

───

次文殊僧卷차문수승권

文殊路已十年迷[1]문수로이십년미   有夢猶尋北郭西유몽유심북곽서

萬壑倚筇雲遠近[2]만학의공운원근   千峰開戶月高低천봉개호월고저

磬殘石竇晨泉滴경잔석두신천적   燈剪松風夜鹿啼[3]등전송풍야록제

此況共僧那再得차황공승나재득   官街七月困泥蹄관가칠월곤니제

[참조] 최립崔岦(1539-1612)

조선 중기의 문신으로 호는 간이簡易, 동고東皐이다. 최립은 17세에 진사가 됐고 여러 관직에 재직했다. 최립은 당대 문장가로 인정받아 중국과의 외교 문서를 많이 작성했고, 중국에 사신으로 갔을 때 중국문단의 권위 있던 왕세정을 만나 문장을 논했으며 중국의 학자들로부터 명문장가라는 격찬을 받았다고 한다. 글씨에도 뛰어나 송설체宋雪體로 일가를 이루었다.

---

1 文殊문수: 문수사는 삼각산(북한산) 문수봉 아래 위치한 천년 고찰이다. 이곳에 사는 스님이 시집을 만들어 최립에게 보냈는데 최립은 그 시집에 실린 시에 차운次韻하여 이 시를 써서 보냈다고 한다.

2 倚節의공: 지팡이에 의지하다.

3 燈剪등전: 등심지를 자르다.

80

대은암 옛집

최경창 崔慶昌

문 앞의 수레와 말들 연기처럼 사라지고

재상의 영화도 백 년에 못 미치네

골목길 적막하고 한식도 지났는데

오래된 담장 가에는 수유꽃이 만발했네

—

大隱巖南止亭故宅[1] 대은암남지정고택

門前車馬散如煙문전거마산여연　　相國繁華未百年[2]상국번화미백년

深巷寥寥過寒食심항요요과한식　　茱萸花發古墻邊수유화발고장변

---

1 大隱巖南止亭故宅대은암남지정고택: 대은암은 서울 인왕산 기슭에 있던 명승지다. 止亭지정: 남곤의
호, 영의정을 지냈다.

2 相國상국: 재상.

조선 중기 때의 시인이며 호는 고죽孤竹이다. 송시풍이 주류를 이루고 있던 당시 문단에 당시풍의 한시를 잘 지어 백광훈, 이달과 함께 삼당파 시인으로 불렸다. 문집으로 고죽유고孤竹遺稿가 있다.

대은암 남지정의 고택은 중종 때 개혁 세력인 조광조, 김정, 김식을 처형하는 데 앞장선 뒤로 승승장구하여 영의정까지 올랐던 남곤南袞(1471-1527)의 집을 말한다. 남곤은 훈구파의 대표적 인물로 기묘사화(1519년)를 일으킨 장본인이다. 그가 살아 있을 때는 줄을 대기 위해 찾아오는 이들의 수레가 집 앞에 늘어섰었지만 실권한 후 그의 집은 인적이 사라져 적막에 잠겼다. 남곤은 죽은 뒤에 관직을 삭탈당하는 등 생전의 부귀영화는 연기처럼 사라지고 치욕스런 이름으로 남아 있다.

81

풀이란 풀은 꽃망울 맺히고

사명대사 四溟大師

풀이란 풀마다 꽃망울 맺혀 있고
솔이란 솔마다 학이 앉아 있으니
낫을 가져갔으나 댈 곳이 없어
소를 타고 서쪽 계곡으로 내려왔지요

—

草草花孕胎초초화잉태   松松鶴架處송송학가처
携鎌無着處휴겸무착처   騎牛下西溪기우하서계

[참조]

사명대사가 젊어서 한때 어느 집에서 머슴살이를 한 적이 있었는데 주인
이 나무를 해오라고 보냈다. 저녁에 소를 몰고 빈 지게로 돌아오자, 주인
이 그 이유를 물었을 때 답한 내용이 한 편의 시로 전해지고 있다.

사명대사四溟大師(1544-1610)

조선 중기의 고승으로 속명은 임응규任應奎이며 호는 사명당四溟堂이다.
1558년(명종 13)에 어머니가 죽고 1559년에 아버지가 죽자 김천 직지사로
출가하여 신묵信黙의 제자가 되었다. 그 뒤 직지사 주지를 지냈으며 묘향산
보현사의 휴정休靜(西山大師, 속명은 최여신崔汝信, 1520-1604)을 찾아가 참선의
이치를 배웠다.

1592년 임진왜란이 일어나자 조정의 근왕문과 스승 휴정의 격문을 받고
의승병義僧兵을 모아 순안으로 가서 휴정과 합류하였다. 그곳에서 의승도대
장義僧都大將이 되어 승병 2,000명을 이끌고 평양성과 중화 사이의 길을 차
단하여 평양성 탈환의 전초 역할을 하였다. 1593년 1월 명나라 구원군이
주축이 된 평양성 탈환의 혈전에 참가하여 혁혁한 공을 세웠고 그 외의 전
투에서도 전공을 세워 선조는 선교양종판사禪教兩宗判事를 제수했다.

1604년 2월 오대산에서 스승 휴정의 부음訃音을 듣고 묘향산으로 가던
중 선조의 부름을 받아 일본과의 강화를 위한 사신으로 임명되었다. 1604
년 일본에 가서 8개월간 노력하여 성공적인 외교 성과를 거뒀고 전란 때 포
로로 잡혀간 3,000여 명의 동포를 데리고 4월에 귀국하였다. 그해 6월 왕
에게 복명하고 10월에 묘향산에 들어가 비로소 휴정의 영전에 절하였다고
한다. 그 뒤 병을 얻어 해인사에서 요양하다가 1610년 8월 26일 설법을 하
고 결가부좌結跏趺坐한 채 입적入寂하였다. 저서로는 『사명대사집』 7권과 『분
충서난록奮忠紓難錄』 1권이 있다.

사명대사가 선조의 명을 받아 1604년 8월 일본으로 건너가 당시 일본의
실권자 도꾸가와이에야쓰德川家康와 포로 송환을 위한 회담을 시작할 때 주
고받은 한시가 전해진다. 먼저 도꾸가와 이에야쓰德川家康가 "돌에는 풀이

나기 어렵고 / 방 안에는 구름이 일어나기 어려운데 / 너는 어느 산에 사는 새이기에 / 여기 봉황의 무리에 끼어들었느냐? 石上難生草 房中難起雲 汝彌何 山鳥 來參鳳皇群"라며 비소하는 시를 써 보이자, 사명대사는 이를 받아 "나는 본래 청산에 노니는 학이려니 / 늘 오색구름을 타고 놀았는데 / 하루아침 갑자기 오색구름이 사라지는 바람에 / 들에 사는 닭 무리 속에 잘못 떨어졌 노라 我本靑山鶴 常遊五色雲 一朝雲霧盡 誤落野鷄群"라고 답했다고 한다.

한산도의 밤

이순신 李舜臣

바다에 가을빛 저무니

추위에 놀란 기러기 떼 하늘 높이 날아가네

근심으로 잠 못 이루고 뒤척이는 밤

지는 달이 활과 칼을 비추네

閑山島夜吟한산도야음

水國秋光暮수국추광모　　　驚寒雁陳高경한안진고

憂心輾轉夜우심전전야　　　殘月照弓刀잔월조궁도

[참조] 이순신 李舜臣(1545-1598)

　조선 선조 때의 명장으로 시호諡號는 충무공이다. 임진왜란 때 일본군을
물리치는 데에 큰 공을 세웠다. 그는 명장으로서뿐만 아니라 시문詩文에도

능했다. 빼어난 한시와 시조 작품을 남겼으며 임진왜란 기간 동안 쓴 일기체 형식의 『난중일기亂中日記』를 남겼다. 저술로 『이충무공전서李忠武公全書』가 있다.

충무공은 서울 건천동(현, 삼청동)에서 태어났다. 선조 9년(1576) 무과에 급제하여 처음 관직에 나갔으며 선조 19년(1586년) 국방력 강화를 위해 병력 증강을 요구했으나 당시 북병사 이일李鎰에 의해 거절되었다. 그해 가을 오랑캐들이 침입하여 많은 양민을 학살하자, 충무공 홀로 이들과 맞서 싸워 포로 된 동포 60여 명을 구했다. 이일李鎰은 피해 책임을 이충무공에게 돌려 사형에 처할 것을 상소했으나 무죄로 판명되어 해임에 그쳤다.

충무공은 47세에 전라좌도수군 절도사가 되어 수군을 훈련하고 거북선을 제작했다. 임진왜란이 일어나자 왜적에 패한 원균의 요청으로 적의 수군을 도처에서 격파했는데, 특히 한산도와 부산포 전쟁의 공로로 인해 제해권을 장악했다. 이후 충무공은 삼도수군통제사三道水軍統制使로 임명되었다. 그러나 원균의 시기와 일본군의 이간책으로 선조 29년(1595) 2월 서울에 압송되어 고문 끝에 사형 선고를 받았지만 정탁鄭琢의 반대로 사형에서 면제되어 권율權慄의 휘하에서 백의종군했다.

정유재란 때 다시 삼도수군통제사가 되니 배는 고작 12척이 남아 있었다. 8월 15일 명량鳴梁에서 적군을 대파하고 명나라 진린陳璘의 수군(5,000명)과 합세하여 위용을 떨쳤다. 11월 18일 노량해전露梁海戰에서 적을 섬멸했으나 적의 총탄에 맞아 장렬한 최후를 맞으니 그때 나이 54세였다. 1604년 선무공신宣武功臣 1등에 녹훈되고, 좌의정에 추증, 1793년(정조 17)에는 영의정이 더해졌다.

오늘까지 잊히지 않고 사람들에게 회자되는 시조는 전장에 임한 이순신 장군의 심사를 헤아리게 한다.

　"한산섬 달 밝은 밤에 수루成樓에 홀로 앉아 / 큰 칼 옆에 차고 깊은 시름

하는 차에 / 어디서 일성호가一聲胡笳는 남의 애를 끊나니"

83

취하여 읊다

백대붕 白大鵬

술에 취해 수유꽃 꽂고 홀로 즐기다가
달빛 가득한 산에 빈 술병 베고 누웠네
내게 무엇 하는 놈인가 묻지 마오
풍진 세월에 머리 허옇게 센 전함사 종놈이라오

九日醉吟구일취음

醉揷茱萸獨自娛¹취삽수유독자오　　滿山明月枕空壺만산명월침공호
旁人莫問何爲者방인막문하위자　　白首風塵典艦奴²백수풍진전함노

---

1 揷茱萸삽수유: 산수유를 머리에 꽂음. 9월 9일은 중양절로 조선조만 해도 이날은 남자들도 붉은 산수유
　열매나 국화꽃을 머리에 꽂고 술을 마시는 풍습이 있었다.
2 典艦奴전함노: 전함사 소속 노예. 전함사는 조선 시대 선박 관리 및 조선, 운수에 관한 일을 관장하기 위
　해 설치된 관청이다.

[참조] 백대붕白大鵬(?-1592)

　조선 중기 때의 시인 천인의 신분으로 시를 잘 지어 이름을 알렸다. 1590년(선조 23년) 통신사 허성을 따라 일본에 갔으며 이 때문에 임진왜란이 일어나자 순변사 이일李鎰을 따라 상주에서 싸우다가 죽었다.

84

길을 가며

이수광 李睟光

강기슭의 버드나무는 사람을 반겨 춤추고

숲속의 꾀꼬리는 길손의 노래에 화답하네

비 갠 뒤 산은 생기가 넘쳐나고

따뜻한 봄바람에 풀은 파릇하게 돋아나네

경치는 시 속의 그림이요

샘물은 악보에 없는 거문고 가락을 타네

길은 멀어 가도 가도 끝이 없고

해는 멀리 서산마루에 걸렸네

—

途中도중

岸柳迎人舞안류영인무   林鶯和客吟임앵화객음

雨晴山活態우청산활태   風暖草生心풍난초생심

景入詩中畵경입시중화	泉鳴譜外琴천명보외금
路長行不盡노장행부진	西日破遙岑[1]서일파요잠

[참조] 이수광李睟光(1563-1628)

조선 중기 때의 중요 관직을 지낸 문인으로 호는 芝峰이다. 그는 세 차례나 명나라에 사신으로 다녀올 정도로 관료로서 역할이 컸다. 특히 임진왜란과 정묘호란을 치르고 광해군 때의 정치적 갈등과 인조 때의 이괄의 반란의 어려운 정국에서도 당쟁에 휩쓸리지 않았다.

성리학의 이론적 분석과 논변이 조선 후기를 통해 지속적으로 발전했지만 지봉은 이러한 전통에서 벗어나 새로운 방향을 탐색했다. 그는 철학적 기본 문제에 있어 심성의 이기론적 개념 분석이 아니라 수양론적 실천 방법의 탐색에 관심을 두었다고 한다. 저서로『지봉유설芝峰類說』과『지봉집芝峰集』이 있다.

---

1 遙岑요잠: 멀리 보이는 산등성.

85

술에 취해서

진묵대사 震默大師

하늘은 이불이요 땅은 돗자리 산을 베개 삼았네

달은 등불 구름은 병풍 바다는 술통이네

크게 취해 벌떡 일어나 춤을 추다가

문득 긴 소매 곤륜산에 걸릴까 저어되었네

—

大醉吟대취음

天衾地席山爲枕천금지석산위침　月燭雲屛海作樽월촉운병해작준

大醉遽然仍起舞[1]대취거연잉기무　却嫌長袖掛崑崙[2]각혐장수괘곤륜

---

1 遽然거연: 급히 갑자기, 遽거: 급히, 갑자기.

2 崑崙곤륜: 중국 신화에 나오는 신선들의 땅으로, 이 산의 정상은 북극성과 마주하고 있다고 한다.

조선 시대 유명한 승려로 본명은 일옥一玉이고 법호는 진묵震默이다. 휴정休靜(서산대사)의 법사法嗣이며 세상 사람들이 말하기를 석가모니불의 소화신小化身이라 일컬었다. 신통묘술과 기행, 이적을 많이 행하여 그에 대한 많은 일화가 전해 오고 있다고 한다.

진묵대사의 성씨와 부모에 대해서는 잘 알려지지 않았다. 전북 김제시 만경읍 화포리에서 조의調意씨의 아들로 태어났다. 불거촌에서 태어나 일찍이 부모를 잃고 7세에 출가하여 전주 서방산 봉서사鳳棲寺에서 승려가 되었다. 불경을 공부하는데 한 번만 보면 깊은 뜻을 깨달았다고 한다. 유가의 선비들과도 잘 어울렸는데 선비들과의 시회詩會에서 지었다고 하는 위의 시는 진묵대사의 호탕한 기질을 잘 보여 주고 있다.

86

스님을 찾아서

이정귀 李廷龜

돌길은 험하고 지팡이는 이끼에 미끄러지는데
엷은 구름과 드문드문 들리는 풍경 소리 함께 배회하네
사미승이 두 손을 모으고 문에 나와 말하기를
스님께서는 앞산에서 주무시고 아직 돌아오지 않으셨습니다

—

隱寂尋僧[1] 은적심승

石逕崎嶇杖滑苔[2] 석경기구장활태　　淡雲疎磬共徘徊[3] 담운소경공배회
沙彌叉手迎門語[4] 사미차수영문어　　師在前山宿未回 사재전산숙미회

---

1 尋僧심승: 스님을 찾아가다.
2 崎嶇기구: 산길이 험하다, 세상살이가 순탄하지 못하고 어려움이 많다.
3 疎磬소경: 성긴 풍경 소리.
4 沙彌사미: 불교의 십계를 받고 구족계具足戒를 받기 위해 수행하는 어린 남자 승려.

[참조] 이정귀 李廷龜(1564-1635)

　조선 인조 때의 문신으로 호는 월사月沙이다. 저서로『월사집月沙集』이
있다.

87

오동나무 천년을 살아도

신흠 申欽

오동나무는 천년을 살아도 곡조를 잃지 않고

매화나무는 일생을 춥게 지내도 향기를 팔지 않네

달은 천 번 이지러져도 본래의 성질 변치 않고

버드나무는 백 번을 꺾여도 가지가 새로이 돋네

———

桐千年老恒藏曲 동천년노항장곡 　　梅一生寒不賣香 매일생한불매향

月到千虧餘本質 월도천휴여본질 　　柳經百別又新枝[1] 유경백별우신지

[참조] 신흠 申欽(1566~1628)

조선 중기의 문신으로 호는 현헌玄軒, 상촌象村이다. 1613년 계축옥사가

———

1 柳經 유경: 버드나무 가지.

일어나자 선조로부터 영창대군의 보필을 부탁받은 유교칠신遺教七臣인 까닭에 이에 연루되어 파직되었다. 1623년 인조 즉위년 이조판서 겸 예문관 홍문관의 대제학에 중용되었다. 같은 해 7월에 우의정에 발탁되었으며 1627년 정묘호란이 일어나자 좌의정으로 세자를 수행하고 전주로 피난했다. 같은 해 9월 영의정에 오른 후 타계했다.

계축옥사癸丑獄事 |

조선 광해군 5년(1613)에 대북파가 영창대군 및 반대파 세력을 제거하기 위해 일으킨 옥사. 1608년 광해군이 즉위하자 대북파의 정인홍, 이이첨 등이 선조의 적자嫡子인 영창대군을 옹립하고 소북이 역모하였다는 구실로 소북파를 축출하였다. 선조 말엽부터 광해군을 지지하는 대북파와 영창대군을 지지하는 소북파 간의 암투가 심각했는데 선조가 죽고 광해군이 즉위하자 대북파가 정권을 잡게 되었다. 이들은 영창대군을 왕으로 옹립하려 했다는 구실로 소북파 영수인 영의정 유영경을 사사하고 소북파를 축출하는 한편 신흠, 박동량 등을 가두었으며 영창대군을 강화도에 위리안치圍籬安置시켰다가 이듬해에 살해했다.

정묘호란丁卯胡亂 |

조선 인조 5년(1627)에 후금의 왕자 아민阿敏이 인조반정의 부당성을 내세우고 침입하여 일어난 난이다. 아민과 장군 패륵이 명나라를 치기 전에 배후를 위협하고 있는 조선을 공격하기 위해 3만여 군대를 이끌고 침입한 난. 파죽지세로 밀고 오는 후금군을 피하여 소현세자는 전주로 인조왕은 강화도로 피난하였는데, 이를 두고 화전양론和戰兩論이 분분하던 중 주화론主和論이 채택되어 후금과 평화조약을 맺고 두 나라는 형제국이 되었다.

여인의 한

권필 權韠

교하에 서리 내리자 기러기는 남으로 날아가고

구월의 금성은 적의 포위가 아직 풀리지 않았네

아내는 남편이 이미 전사한 것 알지 못하고

깊은 밤 홀로 겨울옷 다듬이질하네

征婦怨[1]정부원

交河霜落雁南飛교하상락안남비　　九月金城未解圍구월금성미해위

征婦不知郎已歿정부부지낭이몰　　夜深猶自擣寒衣[2]야심유자도한의

---

1 征婦怨정부원: 남편을 전쟁터에 보낸 여인의 한.
2 擣寒衣도한의: 겨울옷을 다듬이질하다. 擣도: 찧다, 두드리다, 근심하다.

조선 선조 때의 시인이며 호는 석주石洲이다. 정철의 문인으로 성격이 자유분방하고 구속받기 싫어하여 벼슬하지 않은 채 야인으로 일생을 마쳤다. 저서로『석주집石洲集』과 한문소설『주생전周生傳』이 있다.

충주석

권필 權韠

유리와 같이 아름다운 충주석

천 사람이 캐내고 만 마리 소로 옮기네

돌을 어느 곳으로 옮겨 가는가 물으니

권세가의 신도비를 만든다 하네

비석을 새기는 이 누구냐 물으니

필력도 힘차고 문장도 특출한 이라 하네

모두 말하길 공公께서 세상에 살았을 때

천품과 학문이 뛰어나고

임금을 섬김에 충성되고 정직하였으며

집에서는 효도하고 인자하며

문전에서는 뇌물을 끊고

창고에는 쌓아 둔 재물이 없으며

말은 능히 세상의 법이 되고

행실은 사람들의 사표가 되었다 하네

평생에 나아가고 물러남에 있어

하나도 도리에 벗어난 게 없었으니

그러므로 이 돌에 새겨 드러내어

영원히 선비의 정신을 기리려 하네

이 말을 믿든 믿지 않든

다른 사람들은 알든 모르든

마침내 충주산 위의 돌은

날로 달로 사라져 지금은 남은 게 없다네

하늘이 완고한 물건을 낼 때 입 없는 게 다행이지

만약 입이 있었다면 할 말이 많았을 것이네

—

忠州石충주석 – 效白樂天[1]효백낙천

忠州美石如琉璃충주미석여유리　千人劚出萬牛移[2]천인촉출만우이

爲問移石向何處위문이석향하처　去作勢家神道碑[3]거작세가신도비

神道之碑誰所銘신도지비수소명　筆力倔强文法奇필력굴강문법기

皆言此公在世日개언차공재세일　天姿學業超等夷천자학업초등이

事君忠且直사군충차직　居家孝且慈거가효차자

門前絶賄賂문전절회뢰　庫裏無財資고리무재자

---

1 效白樂天효백낙천: 백낙천의 신악부新樂府인 청석을 본받아 쓴 시다.

2 劚出촉출: 깎아 내다. 劚촉: 깎다, 베다.

3 神道碑신도비: 고인의 평생 사적을 기록하여 죽은 사람의 영혼이 다니는 길에 세워 놓은 비석.

言能爲世法언능위세법　　行足爲人師행족위인사

平生進退間평생진퇴간　　無一不合宜무일불합의

所以垂顯刻⁴소이수현각　　永永無磷緇⁵영영무인치

此語信不信차어신불신　　他人知不知타인지부지

遂令忠州山上石수령충주산상석　　日銷月鑠今無遺⁶일소월삭금무유

天生頑物幸無口천생완물행무구　　使石有口應有辭사석유구응유사

---

4 垂顯刻수현각: 새겨서 드러내다.

5 磷緇인치: 돌무늬가 검어짐. 군자가 더러운 것에 물듦을 비유함.

6 日銷月鑠일소월삭: 날로 달로 사라지다. 銷소: 녹이다, 사라지다. 鑠삭: 녹이다, 녹다.

4월 15일

이안눌 李安訥

4월이라 보름날

새벽부터 집집마다 곡하는 소리

천지는 쓸쓸하게 변하고

처량한 바람이 숲을 흔드네

깜짝 놀라 늙은 아전에게 물었네

곡소리가 왜 이리 처절한가?

임진년에 왜구가 바다에서 쳐들어와

바로 오늘이 성이 함락된 날이지요

그때 오직 송부사께서

성벽을 굳게 지켜 충절을 지킬 때

모든 백성들 성안으로 몰려 들어와

한순간에 피바다가 되었지요

몸을 던져 바닥 시체 더미 아래 파고든

천백 명에 한둘만 살아남았답니다

해마다 돌아오는 이날이 되면

제사상 차려 놓고 죽은 이를 위해 곡한답니다

아비가 아들을 위해 곡하고

아들이 아비를 위해 곡하기도 하지요

할아버지가 손자를 위해 곡하기도 하고

손자가 할아버지를 위해 곡하기도 합니다

어미가 딸을 위해 곡하고

딸이 어미를 위해 곡하기도 하지요

아내가 남편을 위해 곡하기도 하고

남편이 아내를 위해 곡하기도 합니다.

형제와 자매 모두 다

살아 있는 이들은 모두 곡을 한답니다.

이마를 찌푸리며 다 듣기도 전에

갑자기 두 줄기 눈물이 주르륵 턱에 흘러내리네

아전이 다가와 또 말하기를

곡할 사람이라도 있으면 덜 슬프지요

서슬 퍼런 칼날 아래 죽은 자가 얼마나 많은지

온 집안사람 다 죽어서

곡할 사람조차 없는 집이 허다하답니다

一

四月十五日사월십오일

四月十五日사월십오일　　　平明家家哭평명가가곡

天地變蕭瑟천지변소슬　　　凄風振林木처풍진임목

驚怪問老吏경괴문노리　　　哭聲何慘怛곡성하참달

壬辰海賊至임진해적지　　　是日城陷沒시일성함몰

惟時宋使君[1]유시송사군　　堅壁守忠節견벽수충절

闔境驅入城합경구입성　　　同時化爲血동시화위혈

投身積屍底투신적시저　　　千百有一二천백유일이

所以逢是日소이봉시일　　　設奠哭其死[2]설전곡기사

父或哭其子부혹곡기자　　　子或哭其父자혹곡기부

祖或哭其孫조혹곡기손　　　孫或哭其祖손혹곡기조

亦有母哭女역유모곡녀　　　亦有女哭母역유여곡모

亦有婦哭夫역유부곡부　　　亦有夫哭婦역유부곡부

兄弟與姊妹형제여자매　　　有生皆哭之유생개곡지

蹙額聽未終축액청미종　　　涕泗忽交頤[3]제사홀교이

吏乃前致辭[4]이내전치사　　有哭猶未悲유곡유미비

幾多白刃下기다백인하　　　擧族無哭者거족무곡자

[참조]

이안눌 李安訥(1571-1637)

조선 중기 때의 문신이며 시인으로 호는 동악東岳이다. 한시 창작에 주력

---

1 宋使君송사군: 당시 동래 부사 송상현.
2 設奠설전: 제사상을 차리다.
3 涕泗체사: 울어서 흐르는 눈물이나 콧물.
4 前致辭전치사: 앞에서 사실을 말하다.

하여 4,000여 수의 시를 남겼다. 문집으로 『동악집東岳集』이 있다. 이안눌은 선조 40년(1607년) 동래부사로 부임하였다. 4월 15일은 임진왜란 당시 왜군에 맞서 싸우다 동래성이 함락된 날이다. 이 시는 당시 제삿날을 맞아 집집마다 들리는 고을 백성들의 곡소리를 듣고 왜구의 손에 유린당하던 당시 참상을 시로 남겨 생생한 역사적 사실을 후세인들에게 전하고 있다.

동래전투東萊戰鬪 |

임진왜란 때 왜군에게 동래성이 함락당한 전투. 1592년 4월 14일(음력) 부산진을 함락시킨 왜군은 다음 날 오전에 동래성에 도착하여 성을 포위하였다. 당시 동래부사 송상현宋象賢(1551-1592)은 경상좌병사 휘하의 병력과 인근 군현 소속 군사들의 지원을 받아 성을 지키려 하였으나 경상좌수사 박홍은 장비와 병력을 포기하고 도주하고, 울산에서 이동한 경상좌병사 이각 역시 왜군의 군세를 확인하고 혼자 도망을 쳤다.

당시 동래성에는 송상현과 홍윤관 수비지원으로 입성한 양산군수 조영규, 울산 군수 이언성 등이 이끄는 3,000여 병력이 있었으며 왜군은 약 2만의 병력으로 대치했다. 진주성을 포위한 왜군은 조선군에게 항복을 권유했으나 이를 거부하자 전면 공격을 가했다. 왜군은 동, 서, 남 3면에서 조총 사격을 하며 총공격으로 성벽을 기어올랐다. 성안의 백병전에서 부녀자들까지 지붕 위에서 기와를 던지며 왜군을 부상케 하는 등 전 군민이 힘을 다해 성을 사수하려 하였으나 결국 부사 송상현 이하 대부분의 병력이 전멸했다.

조총鳥銃 |

조총이란 이름은 새가 숲에 앉아 있을 때 쏘아서 모두 떨어뜨릴 수 있다는 뜻에서 얻은 이름이다飛鳥之在林皆可射落因是得名. 조총의 총신은 약 1미터이고 유효 사거리는 100-200미터이며, 명중 거리는 50미터이다. 분당 4발을 발사할 수 있었다고 한다.

임진왜란壬辰倭亂과 정유재란丁酉再亂 |

임진왜란은 1592년 5월 23일(선조 25년, 음력 4월 13일)에서 1598년 12월 16일(음력 11월 19일)까지 7년간 조선과 명나라 대 일본 사이에 일어난 전쟁으로 17세기 동아시아의 역사를 뒤흔든 국제 전쟁이다. 왜군의 1차 침입이 임진년에 일어났으므로 임진왜란이라 부르며 2차 침입은 1597년 정유년에 있었으므로 정유재란이라 한다. 그러나 일반적으로 정유재란까지 포함하여 임진왜란이라 일컫는다.

조선이 임진왜란을 당하여 전쟁 초기 이를 감당하기 어려울 정도로 국력이 쇠약해진 것은 왜란이 일어난 선조대에 비롯된 것이 아니라 훨씬 이전부터 쇠퇴의 기운이 나타났다. 정치적으로 연산군 이후 명종대에 이르는 4대 사화(무오사화, 갑자사화, 기묘사화, 을사사화)가 큰 영향을 미쳤다. 훈구세력勳舊勢力과 사림세력士林勢力 간에 계속된 정쟁으로 인한 중앙정계의 혼란과 사림세력이 득세한 선조 즉위 이후 격화된 당쟁으로 국가의 정상적인 운영을 수행하기 어려운 시기였다. 율곡은 남왜북호南倭北胡의 침입에 대처하기 위해 십만양병설을 주장하기도 하였으나 국가 재정의 부족으로 인해 뜻을 이루지 못하고 조정은 문약文弱에 빠져 근본적인 국가의 방책이 확립되지 못했다.

이즈음 일본에서는 15세기 후반 서세동점西勢東漸에 따라 유럽 상인들이 들어와 신흥 상업도시가 발전되자 종래의 봉건적인 지배 형태가 위협받기 시작했다. 일본은 15세기 말부터 각 지역을 다스리던 영주들이 대권을 차지하기 위해 서로 싸웠다. 약 100여 년간 전쟁이 이어지다 도요토미 히데요시豊臣秀吉라는 인물이 등장하여 전국시대를 통일한 후 봉건적인 지배권을 강화시켜 나갔다. 국내 통일에 성공한 도요토미는 오랜 기간의 싸움에서 얻은 제후들의 강력한 무력을 해외로 진출시켜 국내 통일과 안정을 도모하고 신흥세력을 억제하려는 목적하에 대륙 침략의 망상에 빠지게 된다.

조선에서는 정여립 모반사건 이후 통신사 일행을 선정하여 1590년 황윤길과 김성일을 일본에 보내 일본의 정세를 탐지케 하였으나 서인의 정사正使 황윤길과 동인의 부사副使 김성일의 보고가 서로 엇갈리게 된다. 조정에서는 일본이 조선을 침공할 징후를 발견하지 못했다는 김성일의 주장을 받아들여 각 도에 성을 쌓는 등 방비를 중지시켰다.

일본은 먼저 조선에 수교를 요구하며 명나라를 정벌하려 하니 조선을 통과할 수 있도록 길을 열어 줄 것을 요구하였으나 명나라를 사대관계로 섬기고 있던 조선이 이를 거절하자, 도요토미 히데요시는 1592년 정규 병력 15만 명과 수군 9000명, 지원부대를 포함하여 전체 20만 병력을 동원하여 조선을 침공했다. 1592년 4월 13일 부산에 상륙한 일본은 파죽지세의 기세로 불과 보름 만에 한양을 점령하게 된다. 선조와 신하들은 궁궐을 버리고 평양을 거쳐 의주까지 피난을 떠났다. 일본군은 5월 말에는 개성을 점령하고 전쟁 개시 두 달 만에 평양성까지 함락시켰다.

그러나 바다에서는 이순신 장군이 이끄는 수군이 일본군을 연달아 격파했다. 일본은 서해를 통해 수군을 북상시켜 육군과 합류하고 식량과 무기를 공급받으려던 계획이 실패하게 된다. 그런 가운데 전국 각지에서 의병이 일어나 일본군을 공격하자, 조선 육군도 전열을 가다듬어 일본군에 반격을 가하기 시작했다. 조선은 명나라에 지원 병력을 요청하고 명나라는 일본이 자국까지 침략할 것을 염려해 1593년 1월 지원병을 보내와 조선과 명의 연합군은 평양성을 탈환하게 된다.

지친 일본군은 한양으로 퇴각한 후 경상도 일대로 후퇴해 그곳에 성을 쌓고 근거지를 튼튼히 했다. 일본과 명나라는 휴전협상을 벌였지만 일본의 무리한 요구로 별 성과를 거두지 못하다 1597년 다시 조선을 침공했다. 이를 임진왜란과 구분해 정유재란이라 부른다. 그러나 1598년 도요토미 히데요시가 죽자 일본군이 철수하면서 임진왜란은 마침내 끝이 나게 된다.

7년에 걸쳐 이어진 임진왜란은 조선과 명나라, 일본 모두에게 커다란 피해를 입히게 된다. 조선은 전쟁으로 가장 많은 인명 및 재산 피해를 입었고 전 국토가 황폐해졌으며 많은 문화재와 서적이 훼손되거나 약탈당했다. 경복궁을 비롯한 한양의 궁궐은 물론 불국사와 여러 사찰들이 불에 타 소실되었다. 일본도 조선에서 많은 군인들이 목숨을 잃고 일본의 백성들도 생활이 피폐해졌다. 그러나 조선에서 약탈해 간 문화재는 일본 문화를 발전시키는 데 큰 도움이 되었고, 일본에 끌려간 조선의 도공들은 일본의 도자기문화를 일으켜 융성케 하는 계기가 되었다. 한편 명나라는 조선에 지원군을 보내느라 국력이 약화되고, 이 틈을 타 여진족이 만주에 후금을 세우고 명나라를 위협하게 되었다.

91

집에 보내는 편지

이안눌 李安訥

집에 보낼 편지에 괴로움을 말하고 싶어도

늙으신 어버이 근심하실까 걱정하여

산그늘에 쌓인 눈 천 길이나 되는데도

금년 겨울은 봄날처럼 따뜻하다 알리네

—

寄家書(一)기가서

欲作家書說苦辛욕작가서설고신　恐敎愁殺白頭親공교수살백두친

陰山積雪深千丈음산적설심천장　却報今冬暖似春각보금동난사춘

[참조]

　이안눌이 29세(1599년 10월) 되던 해 북평사로 부임해 다음 해 귀경했는

데, 함경도 종성에서 서울에 계신 홀어머니께 편지를 써 보냈다 한다.

4부

노을빛
치마에 쓴 시

제주에서

광해군 光海君

찌는 듯한 바람 비를 몰아 성 위로 지나가니

후덥지근한 장독 기운이 백 척이나 높구나

푸른 바다 성난 파도에 어둠이 깃드니

푸른 산 슬픈 빛은 가을 기운을 보내고

돌아가고 싶은 마음 늘 왕손초에 맺혀 있고

나그네 꿈은 왕자의 고을에 자주 놀라네

고국의 존망은 소식조차 끊어지고

안개 낀 파도 위 외로운 배에 누워 있네

—

濟州제주

炎風吹雨過城頭염풍취우과성두　　瘴氣薰蒸百尺樓[1]장기훈증백척루

滄海怒濤來薄暮창해노도래박모　　碧山愁色送淸秋벽산수색송청추

歸心每結王孫艸[2]귀심매결왕손초　　客夢頻驚帝子洲객몽빈경제자주

故國興亡消息斷고국흥망소식단　　烟波江上臥孤舟연파강상와고주

[참조]

광해군光海君(1575-1641)

　조선 15대 임금으로 이름은 이혼李琿이며 선조의 둘째 아들로 태어났다. 임진왜란이 일어났을 때 세자로 책봉되었으며 세자로 있을 때 전국을 돌아다니며 민심을 수습하고 군대를 모집하는 등 국가적 위기를 극복하는 데 많은 노력을 기울였다. 전쟁이 끝난 후 1608년 선조가 죽자 15대 왕으로 책봉되었다. 안으로는 대동법大同法을 실시하고 궁궐 재건에 힘쓰는 한편 밖으로는 명나라, 후금, 일본 등 외교에도 수완을 보였다. 인조반정仁祖反正(1623년 3월 13일)이 일어난 뒤 폐위되어 강화도에 부속된 작은 섬 교동도에 유배되었다가 제주도로 옮겨졌으며 유배 생활 19년 만인 1641년 67세로 생을 마쳤다.

인조반정仁祖反正 │

　인조반정으로 광해군을 축출한 명분은 크게 세 가지로 먼저 계모인 인목대비를 폐하고 10년간 유폐시킨 죄와 여덟 살 된 이복동생 영창대군을 죽인 죄, 또한 임진왜란으로 불에 탄 궁궐을 중수하면서 백성들을 피폐케 한 죄, 나아가 명나라에 대한 은혜를 배반하고 오랑캐인 후금(후에 청나라)과

---

1 瘴氣장기: 남쪽 지방의 습열한 기운.

2 王孫艸왕손초: 고향 떠난 사람의 수심을 불러일으키는 정경을 표현할 때 쓴다. 회남소산淮南小山이 지은 시에 "왕손은 노닐면서 돌아오지 않고 / 봄풀은 자라 무성하네(王孫遊兮不歸 春草生兮萋萋)"라는 시구가 있다.

화친한 죄이다. 그러나 그의 공적 또한 있었으니 기득권 세력의 반발을 무릅쓰고 백성들을 착취하던 여러 세금제도를 고쳐 대동법을 실시하였으며 허준의『동의보감』편찬을 도와줌으로써 질병으로 죽어 가는 백성들을 구제하였다.

광해군은 1613년 당시 정권을 잡고 있던 대북파의 강력한 요청에 따라 임금 자리에 오르는 과정에서 영창대군을 서인庶人으로 몰아 강화에 위리안치했다가 이듬해에 죽게 일조하였고 1618년에는 이이첨 등의 폐모론에 따라 인목대비를 서궁에 유폐시켰다.

이러한 일련의 사건들은 서인들의 집단 반발을 불러일으켰고 김류, 이귀, 김자점 등 서인들이 주도한 인조반정에 의해 1623년 3월 폐위당한 뒤 광해군으로 강등되었다. 서인들은 광해군의 조카인 종綜을 옹립해 인조의 시대를 열었고 광해군은 강화로 유배되었다. 광해군은 이괄의 난이 일어나자 유배지가 태안으로 옮겨졌다가 다시 강화도와 교동도로 옮겨졌다. 그후 1637년 제주도로 가게 되었다. 위의 시는 제주도로 배를 타고 가면서 쓴 시라고 한다. 오늘날 광해군의 공과는 양면적으로 평가되고 있지만 대체로 붕당정치朋黨政治의 소용돌이 속에서 희생되었다고 보고 있다.

광해군은 제주 귀양 시 4년을 집 밖을 나오지 못하는 위리안치圍離安置의 유배형 속에 67세로 생을 마감했다. 광해군이 죽기 1년 전 제주 목사로 이시방이 부임했는데, 그는 인조반정으로 광해군을 몰아낸 이귀의 둘째 아들이었다. 광해군은 이시방에게 김만일이 일궜다는 산마장山馬場과 그의 묘소를 다녀오고 싶다고 소원을 말했다. 이시방은 나귀 한 마리를 준비해 은밀히 다녀오도록 허락했다.

광해군이 제위에 있을 때 김만일의 도움을 받아 기마부대를 만들어 군사들을 훈련했었다. 제주에서 조련한 말을 헌상한 김만일에게는 헌마공신의 직위와 종2품의 벼슬이 내려졌었다. 그는 제주의 한라산 일대에 산마장을 만들어 1만 마리 이상의 말을 길러 선조와 광해군 때 군마로 조달했다고 한다. 광해군은 허름한 나그네 차림으로 김만일의 묘소를 찾아가 하염없이 앉아 있다가 "나는 사람의 왕 노릇 하다 낙마하여 지옥에 떨어졌으나 그대는 말의 왕 노릇 하다 하늘에 올라갔구려."라고 탄식했다고 전해진다.

93

새로 온 제비

이식 李植

세상 온갖 일 한바탕 웃음으로 떨쳐 버리니
솔 사립문 닫은 초당에 봄비 내리네
발 밖에 새로 돌아온 제비 미워하는 것은
한가로운 사람 향해 시비 거는 듯해서라네

—

詠新燕영신연

萬事悠悠一笑揮만사유유일소휘　草堂春雨掩松扉초당춘우엄송비
生憎簾外新歸燕생증염외신귀연　似向閒人設是非¹사향한인설시비

1 是非시비: 제비가 지저귀는 것이 사람에게 시비 거는 것으로 표현했다. 어우야담於于野談에 제비가 논어를 왼다는 말이 있다. 논어 위정편에 "知之爲知之 不知爲不知是知也(아는 것은 안다 하고 모르는 것은 모른다 하라 그것이 곧 아는 것이다)"라 한 구절을 빨리 읽으면 제비 지저귀는 소리와 비슷하게 들리기 때문이다.

[참조] 이식李植(1584-1647)

조선 중기 인조 때의 문신이며 호는 택당澤堂이다. 당대의 이름난 학자로서 신흠, 이정구, 장유와 함께 한문4대가의 한 사람으로 꼽힌다. 저서에 『택당집澤堂集』과 『초학자훈증집初學字訓增集』이 있다.

94

낙서재에서

윤선도 尹善道

보는 것 청산이요 듣는 것 거문고니

세상일 어느 것 내 마음에 들어오랴

마음 가득한 호연지기 알아주는 이 없으니

한 곡조 미친 노래 나 홀로 부르네

—

樂書齋偶吟[1] 낙서재우음

眼在靑山耳在琴안재청산이재금　　　世間何事到吾心세간하사도오심

滿腔浩氣無人識[2,3]만강호기무인식　　　一曲狂歌獨自吟일곡광가독자음

---

1 樂書齋낙서재: 시인이 56세(인조 20년, 1642년) 때 유배지인 완도군 보길도에 지은 집으로 시문을 짓거나 강론하던 곳.
　우음偶吟: 문득 마음에서 우러난 시정을 읊다.
2 滿腔만강: 마음속에 가득 참.
3 浩氣호기: 호연지기浩然之氣의 준말로 마음이 넓고 뜻이 큰 기운.

[참조] 윤선도尹善道(1587-1671)

조선 중기의 문신이며 시인으로 호는 고산孤山이다. 서인으로부터 끊임 없는 공격을 받아 이로 인해 일생을 거의 유배지에서 보냈다(20여 년간 귀양 살이를 하고 19년간 은거 생활을 함). 고산은 경사經史에 해박하고 의약, 복서 卜筮, 음양, 지리에도 통하였으며 특히 시조에 뛰어났다. 그의 시조 작품은 우리말의 깊이와 정서를 한층 깊게 하였다. 이러한 학풍은 증손 윤두서와 외증손 정약용에게까지 이어졌다.

남인과 서인 사이에 벌어졌던 제1차 예송논쟁(복제논쟁)에서 서인에 대한 정치적 공격을 가하여 예론을 당쟁으로 비화시킨 인물로 평가될 만큼 조선 후기 당쟁의 중심에 있었다. 문학사에서 시조의 제1인자로 평가된다. 병 자호란 때 전남 보길도에 정착하여 그 일대를 부용동이라 부르고 낙서재를 지어 시작 활동에 전념했으며 1651년에 「어부사시사漁父四時詞」를 남겼다. 40여 년에 걸친 유배 및 은거생활 중 자연을 문학의 제재로 삼아 주옥같은 시조 및 한시를 지었다. 정철, 박인로, 송순과 함께 시조 시가의 대표적 인 물로 꼽히며 정철의 가사문학과 더불어 조선 시대 시조문학에서 쌍벽을 이 룬다.

95

북쪽 변방으로 귀양 가며

윤선도 尹善道

탄식과 미친 노래로 목이 쉬도록 우네

사나이 품은 뜻 펼치기 어렵구나

서산에 해 저무는데 까마귀 떼 어지러이 날고

북쪽 변방 찬 서리에 외기러기 울며 가네

천리 밖 나그네 신세 세밑이 다가와 놀라니

이 지방 백성들 하늘이 기울었음을 두려워하네

차라리 눈멀고 귀머거리 되어

고향 산천에 돌아가 이 생애 마쳤으면

—

被謫北塞[1] 피적북새

歎息狂歌哭失聲 탄식광가곡실성　　　男兒志氣意難平 남아지기의난평

西山日暮群鴉亂 서산일모군아란　　　北塞霜寒獨雁鳴 북새상한독안명

千里客心驚歲晚[2]천리객심경세만　一方民意畏天傾[3]일방민의외천경

不如無目兼無耳불여무목겸무이　歸臥林泉畢此生[4]귀와임천필차생

[참조]

　고산이 직간으로 비방을 받아 함경도 삼수三水로 귀양 가며(1660년) 지은
시다.

---

1 被謫北塞피적북새: 북쪽 변방의 귀양살이.
2 歲晚세만: 한 해의 마지막 세밑.
3 天傾천경: 하늘이 기울어짐.
4 歸臥귀와: 벼슬을 떠나 고향에 돌아가 은거함.

96

처마 밑을 걸으며

이민구 李敏求

나막신 신고 빈 뜰을 걸으니

옷과 두건이 저녁 이슬에 젖네

멀리 떠 있는 별 추위에 더욱 빛나고

하현달은 오히려 밝네

맹약을 맺자는 오랑캐 문서가 빈번한데

변방의 계책은 전쟁에 이기는 일 드무네

남쪽 가지에 깃들어 사는 까치가 있어

지팡이 짚고 잠시 서로 의지하네

—

步檐보첨

步屧虛庭畔[1] 보섭허정반　　　衣巾夕露微의건석로미

疎星寒更潤소성한갱윤　　　缺月細猶輝결월세유휘

虜牒要盟數[2]노첩요맹삭   邊籌決勝稀[3]변주결승희

南枝有棲鵲남지유서작   拄杖暫相依주장잠상의

[참조]

이민구李敏求(1589~1670)

조선 후기의 문신으로 호는 동주東洲이다. 저서에 『동주집東洲集』, 『독사

수필讀史隨筆』, 『간언귀감諫言龜鑑』, 『당률광선唐律廣選』 등이 있다.

---

1 步屧보섭: 나막신을 신고 걷다.
2 虜牒노첩: 오랑캐의 공문서.
3 邊籌변주: 변방의 전쟁의 책략. 籌주: 투호살, 산가지, 제비, 꾀하다.

산행

강백년 姜柏年

십 리 길 가도 가도 사람 소리 들리지 않네

텅 빈 산에는 봄새 우짖는 소리

스님을 만나 길을 물었는데

스님 떠나자 길 다시 잃었네

―

山行(一)산행

十里無人響십리무인향   山空春鳥啼산공춘조제

逢僧問前路봉승문전로   僧去路還迷승거로환미

[참조]

강백년姜伯年(1603-1681)

조선 숙종 대의 문신으로 호는 설봉雪峯이며 시호는 문정文貞이다. 그는

관직 재직 시 청백하기로 이름이 높았으며 만년에는 고금의 가언嘉言과 선
정에 관한 것을 수집하여『한계만록閑溪謾錄』을 지었고 시문집『설봉집雪峯
集』이 있다.

98

싸우는 개들

조지겸 趙持謙

뭇 개들 사이좋게 지낼 때는

꼬리 흔들며 서로 어울려 다니지만

누가 썩은 뼈다귀 하나 던져 주면

한 마리 일어나고 뒤이어 우르르 떼로 달려들지

으르렁거리며 이빨 드러내어 서로 싸우다

큰 놈은 다치고 작은 놈은 죽어 소란스럽네

추우騶虞를 귀하게 여기는 것은

하늘 구름 위에 높이 누워 있어서지

—

鬪狗行투구행

衆狗若相親중구약상친   搖尾共行止요미공행지

誰將朽骨投[1]수장후골투   一狗起衆狗起일구기중구기

其聲狺狺狋吽牙[2,3] 기성은은의우아   大傷小死何紛紛대상소사하분분

所以貴騶虞[4] 소이귀추우   高臥天上雲고와천상운

[참조]

조지겸趙持謙(1639-1685)

조선 후기의 문신으로 호는 우재迂齋이다. 저서로『우재집迂齋集』이 있다.

---

1 朽骨후골: 썩은 뼈.
2 狺狺은은: 으르렁거리다.
3 狋吽의우: 으르렁거리며 물어뜯다. 狋의: 으르렁거리다. 吽우: 물어뜯다, 짖다.
4 騶虞추우: 중국 전설에 나오는 상서로운 동물. 흰 호랑이 모양에 검은 무늬가 있다 함.

99

산속의 농부

김창협 金昌協

말에서 내려 사람을 부르니

아녀자가 문 열고 나와 내다보네

초가집 안으로 맞아들이고

날 위해 밥과 반찬을 내어 왔네

남편은 어디에 있느냐 물으니

쟁기 매고 아침 일찍 산에 갔는데

산밭은 갈기가 너무 힘들어

해 지도록 아직 돌아오지 못했다 하네

사방을 둘러봐도 이웃은 없고

닭과 개만 산비탈에 오르내리네

산속에는 사나운 호랑이 많아

뜯은 콩잎 소쿠리에 반도 못 채운다네

가엽구나, 여기 홀로 무엇이 좋아서

험난한 두메산골 묻혀 사느냐 하니

좋기는 저 너머 평지에 사는 것이지만

가고 싶어도 고을 관리 두렵다 하네

―

山民산민

下馬問人居하마문인거　　　婦女出門看부녀출문간

坐客茅屋下좌객모옥하　　　爲客具飯餐위객구반찬

丈夫亦何在장부역하재　　　扶犁朝上山[1]부리조상산

山田苦難耕산전고난경　　　日晚猶未還일만유미환

四顧絶無隣사고절무린　　　鷄犬依層巒[2]계견의층만

中林多猛虎중림다맹호　　　採藿不盈盤[3]채곽불영반

哀此獨何好애차독하호　　　崎嶇山谷間[4]기구산곡간

樂哉彼平土낙재피평토　　　欲往畏縣官욕왕외현관

[참조]

김창협金昌協(1651-1708)

　조선 후기의 학자이며 문신으로 호는 농암農巖이다. 숙종 때 대사성 등의 관직을 지냈으나 기사환국己巳換局으로 부친 김수항이 사사賜死된 뒤 은거하

---

1 扶犁부리: 쟁기를 매다. 犁리: 밭을 갈다, 쟁기.

2 依層巒의층만: 산 곳곳에 개와 닭이 흩어져 놀고 있는 것으로 추정 된다.

3 不盈盤불영반: (호랑이가 나타날까 두려워) 소쿠리를 다 채우지 못함.

4 崎嶇기구: 험하고 가파르다. 세상살이가 순탄하지 못하고 가탈이 많다.

고 관직도 사양 했다. 저서로 『논어상설(論語詳說)』, 『농암집(農巖集)』, 『주자대전차의문목朱子大全劄疑問目』 등이 있다.

기사환국己巳換局 ㅣ

숙종의 계비 인현왕후仁顯王后 민씨가 왕비가 되었으나 후사를 낳지 못하자 숙종은 민씨가 간택되기 이전부터 마음에 두고 있던 궁녀 장옥정張玉貞을 후궁으로 들였으며 이어 장씨가 왕자 윤昀을 낳자 정치적 격변이 일게된다. 그 여파로 서인이 몰락하고 남인이 정치의 실세로 등장하게 되는데, 이를 기사환국이라 이른다.

숙종이 윤을 원자元子로 책봉하고 장씨를 희빈禧嬪으로 삼으려 하자 당시집권 세력이던 서인은 정비正妃 민씨가 나이가 젊으니 그에게 후사가 태어나기를 기다려 적자嫡子로 왕위를 계승함이 옳다 하여 원자 책봉을 반대하였다. 그러나 남인들은 숙종의 주장을 지지하였고 숙종은 권력이 왕권을능가하는 세력으로 성장한 서인의 전횡을 누르기 위해 남인을 중용하는 한편 원자의 명호를 자신의 주장대로 정하고 숙원淑媛 장씨를 희빈으로 책봉했다.

이때 서인의 영수인 송시열宋時烈은 상소를 올려 숙종의 처사가 잘못 되었다고 간하였다. 이에 남인 이현기 등이 송시열의 주장을 반박하는 상소를 올리자, 이를 기회로 송시열을 삭탈관직하고 제주로 귀양을 보낸 후 사약賜藥을 내렸다. 이어서 서인 중 김수홍, 김수항 등 거물 정치인을 비롯하여 많은 사람이 파직되거나 유배되어 서인은 조정에서 물러나고 권대운, 김덕원 등 남인이 정치적 실세로 등장하였다.

100

태고음

이만부 李滿敷

태고의 빛을 보고자 했더니

고운 달이 하늘에 돌아왔네

태고의 소리를 듣고자 하니

맑은 바람이 대숲에 일어나네

태고의 이치를 알고자 하니

측은한 마음 자비로움으로 가득하네

이 빛을 보고

이 소리를 듣고

이 이치를 깨달으니

이 사람이 곧 태고의 사람이네

—

太古吟태고음

欲見太古色욕견태고색	好月天中回호월천중회
欲聞太古聲욕문태고성	淸風竹下來청풍죽하래
欲知太古理욕지태고리	惻隱滿腔仁측은만강인
見此色견차색	聞此聲문차성
知此理[1]지차리	便是太古人편시태고인

[참조] 이만부李滿敷(1664-1732)

조선 후기의 학자이며 호는 식산息山이다. 1678년(숙종 4년) 그의 나이 15세 때 아버지가 송시열의 극형을 주장하다가 탁남濁南에게 몰려 북청北靑에 유배를 가게 되었는데, 그때 아버지를 따라가 그곳에서 아버지(예조판서 이옥李沃)를 모시며 학문을 닦았다. 그는 벼슬을 단념하고 영남으로 이거하여 후진 양성과 풍속 교화에 힘쓰며 저술 활동을 했다. 저서로 문집인『식산문집息山文集』,『역통易統』,『대상편람大象編覽』등이 있다.

---

1 知此理지차리:『식산선생별집息山先生別集』의「누항록陋巷錄」에는 '지차리知此理'가 '유차심有此心'으로 되어 있다.

101

농부네 집

이용휴 李用休

아내는 앉아서 아이 머리 토닥거리고
남편은 허리 구부리고 외양간을 치네
마당에는 우렁이 껍데기가 쌓여 있고
부엌에는 달래 뿌리가 남아 있네

—

田家전가

婦坐搯兒頭부좌도아두   翁傴掃牛圈¹옹구소우권
庭堆田螺殼정퇴전라각   廚有野蒜本²주유야산본

---

1 傴掃구소: 허리를 구부리고 청소하다. 傴구: 구부리다.
2 蒜本산본: 달래.

[참조] 이용휴李用休(1708-1782)

조선 정조 때의 시인이며 호는 혜환재惠寰齋이다. 저서로『혜환재시초惠寰齋詩抄』가 있다.

동호

정초부 鄭樵夫

동호의 봄 물결 쪽빛보다 푸르니

두세 마리 백조 또렷이 보이네

노 젓는 소리에 새들은 날아가고

노을 진 산 그림자 강물에 가득하네

—

東湖동호

東湖春水碧於藍[1,2]동호춘수벽어람　　白鳥分明見兩三백조분명견양삼

柔櫓一聲飛去盡유노일성비거진　　夕陽山色滿空潭석양산색만공담

---

1 東湖동호: 정초부의 시를 단원 김홍도가 자신의 그림에 써 넣은 시다. 동호는 현재 동호대교가 있는 한강 부근이다.

2 碧於藍벽어람: 쪽빛보다 푸르다.

[참조] 정초부鄭樵夫(1714-1789)

조선시대 노비 시인으로 이름은 이재彝載다. 한시집『초부유고樵夫遺稿』에 한시 90여 수가 실려 있다. 그의 주인 여춘영呂春永이 그의 노비문서를 불태우니 양근(경기도 양평) 갈대울에 살았다고 하였다.

그는 천부적 재능을 지녔으나 신분의 벽에 막혀 평생을 가난한 나무꾼으로 살았던 노비 시인으로 그의 주인이었던 여춘영과의 주종 관계와 연령을 초월한 우정의 이야기가 전해진다. 정초부는 어린 시절 낮에는 나무를 하고 밤에는 주인집 자제들이 배우는 글을 어깨너머로 배워 한시를 암송하였는데 이러한 정초부의 천재성을 알아본 주인(여춘영의 부친)이 그의 자녀들과 함께 학문을 가르쳤으며 여춘영은 스무 살 위인 정초부를 스승이자 벗으로 여겼다.

기록에 의하면 정초부는 43세 무렵 면천免賤(천민에서 벗어나 양민이 됨)되었으나 여전히 팔당에 살며 나무를 해서 뗏목에 실어다 서울 동대문에 내다 파는 나무꾼 신세였다. 그때의 심사를 표현한 시가 있다.

"시인의 생애는 늙은 나무꾼 신세 / 어깨 위에 쏟아지는 가을빛 소슬하구나 / 동풍이 장안 대로에 이 몸을 떠다 밀어 / 새벽녘 동대문 제2교를 걸어가네翰墨餘生老採樵 滿肩秋色動蕭蕭 東風吹送長安路 曉踏靑門第二橋"

가난한 초부로 생을 마친 그는 생전 한 권의 책도 내지 못했으나 여춘영에 의해 유고집을 내게 되었다. 여춘영(1734-1812)은 조선 후기 명문가 집안 중의 하나인 함양 여씨다. 『헌적집軒適集』에는 1789년 정초부가 76세로 사망하자 여춘영이 그를 추억하며 지은 「만가輓歌」 12수가 담겨 있다 한다. 그중 하나의 시에 "어릴 때는 스승 어른이 되어서는 친구로 지내며 시에서는 내게 오로지 초부뿐이지少師而壯友於詩惟我樵"라고 정초부를 추억했다. 신분의 벽을 뛰어넘어 깊은 교우 관계에 있었던 여춘영은 정초부의 시를 사대부 사회에 널리 소개하여 그를 세상에 알렸다.

103

나무하는 소년

이헌경 李獻慶

험한 산중에 나무하는 어린아이들

눈 속에 젖은 땔감 해가지고

해 저물어 돌아오는 길에

호랑이 모양의 바위를 보고

산마루에서 급히 사람을 부르네

—

樵童¹초동

山險樵童小산험초동소　　雪中取濕薪설중취습신

暮歸石似虎모귀석사호　　嶺上急呼人영상급호인

---

1 **樵童초동**: 나무하는 아이.

[참조] 이헌경李獻慶(1719-1791)

조선 정조 때의 문신으로 호는 간옹艮翁이다. 저서로 『간옹집艮翁集』이 있다.

달빛 속의 목동

유동양 柳東陽

소를 몰고 돌아오는 맨 종아리의 아이
산은 온통 가을빛 만연한데
이랴, 쯧쯧, 흐트러진 머리카락 긁으며
노래 부르며 저녁 달빛 속에 돌아오네

—

牧童목동

驅牛赤脚童[1,2]구우적각동   滿載秋山色만재추산색
叱叱搔蓬頭[3,4]질질소봉두   長歌歸月夕장가귀월석

---

1 驅牛구우: 소를 몰다.
2 赤脚적각: 맨살이 드러난 다리.
3 叱叱질질: 쯧쯧 하며 소를 모는 소리. 叱질: 꾸짖다, 혀를 차는 소리.
4 蓬頭봉두: 흐트러진 머리.

[참조] 유동양柳東陽(생몰연대 미상)

자는 무백茂伯이다.

105

떠나간 형을 그리며

박지원 朴趾源

우리 형님 얼굴 누굴 닮았나

돌아가신 아버님 생각나면 형을 보았네

이제는 형님 그리워도 볼 수가 없네

스스로 의관 차려입고 냇물에 비친 모습 보아야겠네

燕巖憶先兄[1]연암억선형

我兄顏髮曾誰似아형안발증수사　　每憶先君看我兄매억선군간아형

今日思兄何處見금일사형하처견　　自將巾袂映溪行[2]자장건몌영계행

---

1 燕巖憶先兄연암억선형: 연암에서 죽은 형을 그리워함. 연암燕巖은 황해도 금천金川의 골짜기 이름이면서 시인의 호이다.

2 巾袂건몌: 관과 옷소매, 곧 의관衣冠을 뜻함.

[참조] 박지원朴趾源(1737~1805)

조선 정조 때의 문장가와 실학자로 호는 연암燕巖이다. 연암은 기행문 『열하일기熱河日記』를 통하여 개혁에 대해 논했다. 북학파의 영수로 실학을 강조하였으며 한문소설『허생전許生傳』, 『호질虎叱』, 『양반전兩班傳』등을 창작했다. 시문집으로『연암집燕巖集』이 있다.

북학사상北學思想으로 불리는 박지원의 주장은 비록 청나라에 적대적 감정이 쌓여 있지만 그들의 문명을 수용해 조선의 현실이 개혁되고 풍요해진다면 과감하게 받아들여야 한다는 것이었다. 당시에는 명나라에 대한 의리와 결부하여 청나라를 배격하는 풍조가 만연했다. 연암은 서학西學에도 관심을 가졌으며 자연과학적 지식의 근원을 이해하려 한 생각과 새로운 문물에 대한 애정을 갖고 있었다. 그래서 그는 실제로 북경을 여행할 때 천주당이나 관상대를 구경하면서 우주에 대한 깊은 관심을 가졌다 한다.

106

선연동을 지나며

이덕무 李德懋

선연동 무덤의 풀은 떠나간 기생을 위해 나부끼고

부드러운 분 냄새 은근히 무덤에 풍기네

오늘의 예쁜 낭자들 아름다움 자랑 말게

이 중에는 옛날 아름다운 여인 무수하다네

—

嬋娟洞[1] 선연동

嬋娟洞草賽羅裙[2] 선연동초새라군　　壞粉遺香暗古墳 양분유향암고분

現在紅娘休詑艶[3] 현재홍낭휴이염　　此中無數舊如君 차중무수구여군

---

1 **嬋娟洞**선연동: 평양에 있던 기생들의 공동묘지.
2 **賽羅裙**새라군: 기생을 위해 굿을 하다. **賽**새: 굿하다. **羅裙**나군: 비단 치마 곧 기생을 뜻함
3 **詑艶**이염: 아름다움을 자랑하다. **詑**이: 으쓱거리다.

이덕무李德懋(1741~1793)

조선 정조 때의 학자로 호는 아정雅亭, 또는 청장관靑莊館이다. 실학파의 한 사람으로 문장과 그림에도 뛰어났다. 저서로 『청장관전서靑莊館全書』가 있다.

이덕무는 경서에서 기문이서奇文異書에 이르기까지 박학다식하고 문장에 뛰어났으나 서자 출신으로 출세에 제약을 받았다. 그는 가난한 환경으로 인해 교육을 받지 못하고 책을 사 볼 형편이 아니었지만, 굶주림 속에서도 수만 권의 책을 읽고 수백 권의 책을 필사했다. 이덕무의 저술 총서이자 조선 후기 백과전서라 할 수 있는 『청장관전서』에서는 사실에 대한 고증부터 역사와 지리, 초목과 곤충, 물고기에 이르기까지 그의 지적 편력은 실로 방대하고 다양하여 고증과 박학의 대가로 인정받았다.

그는 1776년(26세) 서얼들의 문학동호회인 백탑시파白塔時派의 일원으로 유득공, 박제가, 이서구를 비롯하여 홍대용, 박지원 등과 교유했다. 1779년(39세)에 정조에 의해 규장각 초대 검서관檢書官으로 기용되었다. 조선 후기인 18세기는 실학자들의 중국 방문이 활발하게 이루어진 시기였다. 홍대용, 박지원, 이덕무, 유득공, 박제가 등 이들은 중국 여행에서 돌아온 후 연행록을 남겼는데, 청나라 선진 문물에 경도된 연암파 실학자들과 달리 그는 청왕조의 지배 체제를 부정적으로 봤다. 중국은 중국일 따름이고 조선도 나름대로 장점이 있다고 생각했다.

용서성학傭書成學 |

이덕무와 관련된 말로 그는 살림이 곤궁하여 경문을 필사해 주고 받은 품삯으로 살았으며 자신을 위해 책 한 권을 더 베껴 공부하여 학문을 성취했다는 뜻이다.

이덕무에 관한 시 한 편을 소개한다. "이제 삼동 추위도 물러가고 / 아침 햇살에 언 벼룻물 녹으니 / 붓을 들어 글을 써 내려갈 수 있습니다 / 손목은 끊어질 듯하고 / 온몸 자근자근 저려 오지만 / 식솔들 입에 더운 밥 한술 떠 넣는 일이 / 어찌 공으로 될 일이겠습니까"(졸시 「벼루에 언 물 녹으니」 중에서)

연광정에서

이가환 李家煥

사월 강변의 누각에는 꽃이 다 지고

대나무 발에 훈훈한 바람 부는데

제비는 하늘 비껴서 나네

강물은 언덕의 풀과 한 빛으로 푸른데

이별의 한스러움 어느 집에 있는지 모르겠네

—

練光亭¹연광정

江樓四月已無花강루사월이무화　　簾幕薰風燕子斜²염막훈풍연자사

一色碧波連碧草일색벽파연벽초　　不知別恨在誰家부지별한재수가

---

1 練光亭연광정: 평양 대동강 덕암 바위 위에 있는 정자.
2 簾幕염막: 대나무 발.

이가환李家煥(1742-1801)

조선 말기 정조 때의 문신이자 실학자이며 천주교 신자이다. 호는 금대錦帶이다. 한때 천주교를 박해하기도 했으나 마침내 천주교 신도가 되었으며 신유박해 때 순교했다. 이익의 실학을 이은 대학자로 당대부터 지목되었고 특히 천문학과 수학에 정통했다. 저서로『금대유고錦帶遺稿』가 있다.

신유박해辛酉迫害 │

1801년(순조 1년)에 일어난 천주교도를 박해한 사건. 중국에서 들어온 천주교는 당시 성리학적 지배 원리의 한계성을 깨닫고 새로운 원리를 추구한 일부 진보적 사상가와 부패하고 무기력한 봉건지배 체제에 반발한 민중을 중심으로 퍼져 나가면서 18세기 말 교세가 크게 확장되었다.

천주교 전래에 크게 공헌한 사람으로 이벽李蘗을 들 수 있다. 그는 조선 후기 주자학의 모순과 당시의 유교적 지도 이념이 흔들리고 있음을 깨달아 새로운 사상을 모색하던 중 사신들을 통해 청나라로부터 유입된 서학서西學書를 열독하였다. 중국의 실학자 서광계徐光啟와 이지조李之藻 등이 저술한 한문으로 된 천주교 서적들은 천주교의 교리와 신심, 철학, 전례와 함께 서구의 과학, 천문, 지리 등의 방대한 내용을 담고 있었다.

이벽은 이러한 서적들을 치밀히 연구해 자발적으로 천주교를 수용할 수 있는 단계에 도달했다. 1777년(정조 1) 권철신, 정약전 등 기호지방의 남인 학자들이 경기도 광주의 천진암天眞庵과 주어사走魚寺에서 실학적인 인식을 깊이 하고 새로운 윤리관을 모색하려는 목적으로 강학회講學會를 열었다. 이때 이벽이 천주교에 대한 지식을 동료 학자들에게 전하여 후일 우리나라에서 자생적으로 천주교 신앙운동이 일어나는 계기를 만들었다.

1784년 이승훈의 부친이 중국에 서장관으로 가게 되었을 때 이승훈을 함께 보내 세례를 받아 올 것을 부탁하였다. 그리하여 이승훈이 세례를 받고 많은 천주교 서적들을 가져 오자, 그들은 이승훈에게 세례를 받아 정식 천주교 신자가 되었다. 이벽은 서울 수표교水標橋에 집을 마련해 교리를 깊이 연구하는 한편, 교분이 두터운 양반 학자와 인척들 및 중인 계층의 인물들을 일일이 찾아다니면서 천주교를 전했다. 이때 세례받은 사람들이 권철신, 권일신, 정약전, 정약종, 정약용, 이윤하 등 남인 양반 학자들과 중인 김범우 등이었다.

특히 1794년 청국인 신부 주문모周文謨가 국내에 들어오고 천주교에 대한 정조의 관대한 정책은 교세 확대의 주요 계기가 되었다. 그러나 가부장적 권위와 유교적 의례, 의식을 거부하는 천주교의 세력 확대는 유교사회에 대한 도전이자 지배 체제에 대한 중대한 위협이 되었다. 이로 인해 정조가 죽자 천주교도에 대한 탄압이 본격화되었다.

1801년 정월 나이 어린 순조가 왕위에 오르자 섭정을 하게 된 정순대비貞純大妃는 사교인 서교를 엄금하고 근절하라는 금압령禁壓令을 내렸다. 이 박해로 천주교도와 진보적 사상가가 처형되거나 유배되었는데, 이때 주문모를 비롯하여 권철신, 이가환, 이승훈, 정약종을 포함하여 신도 약 100명이 처형되고 약 400명이 유배되었다. 신유박해는 급격히 확산되는 천주교교세에 대한 위협을 느낀 지배 세력의 종교 탄압이자, 이를 구실로 노론 등 집권 보수 세력이 당시 정치적 반대 세력인 남인을 비롯한 진보적 사상가와 정치 세력을 탄압한 권력 다툼의 일환이었다.

단옷날

유득공 柳得恭

나무 사이 쌍쌍이 나는 나비 누가 보는가
풀밭에서 은은히 풍기는 향기 홀로 맡네
낮잠을 자다 사람 없어 두어 번 불러 보는데
어지럽게 흩날리는 가랑비 발 사이로 보이네

—

端陽雜絕[1] 단양잡절

樹間雙蝶誰見수간쌍접수견　　草際微香獨聞초제미향독문
午睡無人更喚오수무인갱환　　映簾疎雨繽粉[2,3]영렴소우빈분

---

1 端陽단양: 단오.
2 映簾영렴: 대나무 발 사이로 비추다.
3 繽粉빈분: 가랑비가 어지럽게 흩날리다.

유득공柳得恭(1748-1807)

조선 정조 때의 학자로 호는 영재冷齋이다. 실학자로 시문에 뛰어났다. 저서로『경도잡지京都雜誌』,『영재집冷齋集』등이 있다. 유득공은 발해의 옛 땅을 회복하여야 한다는 생각에『발해고』를 지었고 북방 역사의 연원을 밝혀 보고자 하는 뜻에서 한사군漢四郡 역사에 관한『사군지四郡志』를 저술하였다.

유득공은 조선 후기 북학파 계열의 실학자로 정조가 발탁한 네 명의 규장각 초대 검서관 중의 한 사람이다. 1748년 11월 5일 부친 유춘과 모친 남양 홍씨 사이에 외아들로 태어난 유득공은 증조부와 외조부가 서자 출신이었던 탓에 신분상 서자로 살아야 했다. 유득공이 서자라는 신분적 한계에도 불구하고 32세에 규장각 검서관을 시작으로 20년간 관직 생활을 거쳐 만년에 정3품까지 올라갈 수 있었던 것은 조선 중기까지는 상상할 수 없었던 일이었다고 한다.

그것은 그의 재능을 높이 산 정조의 배려와 서자에 대한 차별이 사라져 갔던 조선 후기의 시대적 배경이 없이는 불가능한 일이었다. 그리고 유득공이 불우한 환경을 극복하면서 자신의 학문적 세계를 확고하게 구축할 수 있었던 것은 박지원, 이덕무, 박제가와 같은 북학파와의 교유가 큰 영향을 끼쳤다고 한다.

서얼차별법 庶孽差別法 |

서얼은 정처正妻가 아닌 첩에게서 난 자손을 지칭하는 말이다. 일부일처제가 일반적이었던 고려 시대까지만 해도 서얼 자체를 찾아보기 어려웠지만, 일부다처제가 허용된 조선 시대부터 나타나기 시작하였다. 서얼은 정처의 자식과 달리 관직에 나가는 것을 원칙적으로 금지하였으며 재산 상속과 가족 내의 위치에서도 차별을 받았다. 이는 양반을 지배 계급으로 하는 신분사회 유지 목적에서였다. 허균이 쓴 『홍길동전』에서는 서얼은 호부호형을 못하는 것으로까지 기록되었는데 이는 조선 시대의 하나의 사회문제가 되었다.

서얼 차별이 명문화된 것은 조선 태종 때의 일이다. 태종(이방원)은 태조(이성계)의 첫 번째 부인에게서 난 아들로 태조가 둘째 부인에게서 난 방석을 왕세자로 책봉했을 때 이에 불복하여 난을 일으키는데 바로 1차 왕자의 난이다. 결국은 『경국대전經國大典』에 재가하거나 실행失行(정조를 잃은 행위)한 부녀의 자손과 서얼자손은 무과나, 문과의 생원시, 진사시, 잡과에 응시하지 못한다고 명문화했다(서얼금고법). 그러나 능력이 있는 서얼을 썩히는 것은 국가적 손해라는 주장이 지속적으로 제기되어 공론화되곤 하였다.

이러한 서얼들이 관직에 나갈 수 있는 자격을 회득한 것은 임진왜란의 영향이 컸다. 조선 선조 때 율곡이 군량을 조달할 목적으로 쌀 80석을 납부하면 서얼을 허통許通(서얼들에게 금고법을 풀어 과거에 응시하도록 허락한 제도)할 수 있게 했고 사회 변화로 이러한 허통은 가속화되었다. 영조 대에는 서얼에 대해서 당대에는 차별을 받지만 그 아들 대부터는 양반이 될 수 있게 해 주었고, 이후 법적으로는 존속했지만 실제로는 많은 부분에서 누그러들었다.

정조대에 이르러서는 1777년에 내린 정치지침서에서 서얼 차별에 대한 명분은 인정하면서도 허통의 범위를 크게 확대해 실제 검서관檢書官 제도를 두어 북학파의 이덕무, 유득공, 박제가 등의 서얼 출신을 중용했다. 그러나 서얼법제가 완전히 없어진 것은 그로부터 100년이 지난 1894년 갑오개혁에 이르러서이다.

세검정

박제가 朴齊家

성곽을 나선지 이삼 리

마음에 시정이 서리네

가련하구나, 사물의 참모습

예전의 아름다움과 추함을 떠났네

작은 벼루엔 샘물 소리 담기고

벗어 놓은 짚신 국화 그림자가 들여다보네

뒤에 오는 사람들 달리 보겠지만

이 순간은 정녕 이와 같구나

—

洗劍亭水上余結趺石坡草畫處세검정수상여결부석파초화처

出郭二三里출곽이삼리 　　　胸中略有詩興중약유시

可憐眞物態가련진물태 　　　不襲古妍媸[1]불습고연치

小研泉聲歷소연천성력   空鞋菊影窺공혜국영규

後人應見異후인응견이   此刻定如斯차각정여사

[참조]

박제가朴齊家(1750-1805)

조선 후기의 문인이며 실학사상가로 호는 초정楚亭이다. 시·서·화에 모두 뛰어나 명성을 얻었다. 그는 양반 가문의 서자로 태어나 양반 교육을 받았으나 신분적 제약으로 차별을 받았기에 봉건적 신분제도에 반대하는 선진적 실학사상을 전개했다. 박지원을 스승으로 모시고 공부하였다. 박지원을 중심으로 한 백탑파의 한 사람으로 북학파의 거장이다.

이덕무, 유득공, 이서구와 함께『한객건연집韓客巾衍集』을 통해 중국에 소개되었고 한시사대가로 불린다. 네 차례의 연행燕行을 통해 청조의 문물을 접하고 청나라 석학들과 교유했다. 이를 바탕으로『북학의』를 저술하고, 청의 문물을 수입해 생산기술을 향상시키고 이용후생을 실현할 것을 역설했다. 그는 상공업의 발전을 위하여 국가는 수레를 쓸 수 있도록 길을 내어야 하고 화폐 사용을 활성화해야 한다고 주장했다.

『북학의北學議』|

1778년(정조 2) 실학자 박제가가 청나라의 풍속과 제도 등을 시찰하고 돌아와서 그 보고 들은 바를 쓴 책. 북학이란 맹자에 나온 말로 중국을 선진 문명국으로 인정하고 겸손하게 배운다는 뜻을 담고 있다. 박제가는 채재공

---

1 妍媸연치: 아름다움과 추함, 미추美醜. 媸치: 추하다.

의 호의적인 배려로 연경에 갈 수 있었다. 그는 그곳에서 그동안 자신이 연구해 왔던 것을 실제로 관찰하고 비교할 수 있는 절호의 기회를 얻었다. 그는 자신이 연구한 것과 3개월의 청나라 여행과 1개월여의 연경 시찰에서 직접 본 경험적 사실과 자신의 견해를 덧붙여 『북학의』를 집필하였다.

110

새색시의 소원

이옥 李鈺

새벽에 일어나 머리 빗고
이른 아침 시부모님께 문안드리네
맹세컨대 친정에 돌아가서는
아침 굶고 한낮까지 잠만 자리라

雅調(其七)아조

四更起梳頭¹사경기소두　　　五更候公姥²,³,⁴오경후공모
誓將歸家後서장귀가후　　　不食眠日午불식면일오

---

1 四更사경: 새벽 2시경.
2 五更오경: 새벽 4시경.
3 候후: 기후, 상황, 조짐, 살피다, 방문하다.
4 公姥공모: 公공은 남자 어른, 姥모는 여자 어른 곧 시부모님.

[참조] 이옥李鈺(1760~1815)

　조선 후기 정조 때의 문인으로 호는 문무자文無子이다. 저서로『문무자문초文無子文鈔』가 있다.

장기 농가

정약용 丁若鏞

새로 돋아난 호박 떡잎 살이 붙더니

밤이 되니 넝쿨 뻗어 사립문 타고 오르네

평생에 수박 심지 않는 것은

사나운 관노들 시비걸까 두려워서네

—

長鬐農歌[1] 장기농가 (4)

新吐南瓜兩葉肥[2] 신토남과양엽비   夜來抽蔓絡柴扉 야래추만낙시비

平生不種西瓜子[3] 평생부종서과자   剛怕官奴惹是非[4,5] 강파관노야시비

1 長鬐農歌장기농가: 장기 지방의 농촌 노래. 장기는 경상북도 소재의 한 농촌으로 지은이가 귀양 가서
  살던 곳. 장기지역 농민의 생활을 민요풍으로 노래 한 연작시 10장 중 네 번째.
2 南瓜남과: 호박.
3 西瓜子서과자: 수박.
4 剛怕강파: 사납고 두렵다.
5 官奴관노: 관청에 딸린 사내종.

정약용丁若鏞(1762-1836)

조선 정조 때의 문신이자 시인이며 실학자로 호는 다산茶山이다. 다산茶山은 근기지방近畿地方 남인 가문 출신으로 정조 때 주요 관직에 있었으나 청년기에 접한 서학(천주교)으로 인해 장기간 유배 생활을 하였다. 유배 기간 중 학문을 연마해 6경 4서에 대한 연구와 『경세유표經世遺表』, 『목민심서牧民心書』, 『흠흠신서欽欽新書』 등 500여 권의 저술을 남기고 조선 후기의 실학사상을 집대성했다.

정치, 경제, 사회, 역사 현상 전반에 걸쳐 전개된 그의 사상은 조선왕조의 기존 질서를 전적으로 부정하는 혁명론이기보다는 파탄에 이른 당시의 사회를 개량하여 조선왕조 질서를 새롭게 강화시키려는 뜻을 가졌다. 18세기 후반 조선의 지식인들은 당쟁의 과정에서 오랫동안 정치 참여로부터 소외된 근기近畿 지방의 남인들을 중심으로 하여 기존의 통치 방식에 회의를 갖게 되었다. 그리하여 당시 정권을 장악하고 있던 노론 등이 중시한 성리설과는 달리 선진유학에 기초한 새로운 개혁이론을 일찍부터 발전시킬 수 있었다.

대략 그의 생애를 살펴보면 출생 이후 과거 준비를 하던 22세까지 부친 정재원丁載遠의 임지인 전남 화순, 경상도 예천, 진주를 따라 다니며 부친으로부터 경사를 배우며 과거시험을 준비하였으며, 서울에 살 때 문학으로 이름을 날린 이가환李家煥과 매부 이승훈李承薰을 통해 근기학파의 중심인물인 이익李瀷의 학문을 접하게 된다.

1783년 진사시험에 합격한 뒤 1801년 발생한 신유박해로 체포되기까지 이후 10여 년간 정조의 특별한 총애 속에 여러 관직에 종사했으며 1793년에는 수원성을 설계했다. 이 무렵에 이벽李檗, 이승훈李承薰 등과 접촉하여 천주교에 관심을 가지게 되었는데, 당시 교회 내에서 뚜렷한 활동은 하지 않았으나 이로 인해 자신의 정치적 진로에 커다란 장애로 작용하게 된다.

1791년 천주교 신앙과 관련된 혐의로 여러 차례 시달림을 당했으나 천주 교와 무관함을 변호하였다. 그러나 정조 사후 1801년 순조가 즉위하면서 일어난 신유박해로 유배를 당하면서 중앙의 정계와 결별하게 된다. 다산은 먼저 유배지인 장기(長鬐 경북 포항)로 떠났으나 곧이어 발생한 '황사영 백서 사건'으로 다시 문초를 받고 전남 강진에서 유배 생활을 하게 되었다.

이곳에서 학문 연구에 매진하며 많은 문도를 거느리고 강학講學과 연구, 저술에 매달리어 실학의 학문을 완성시키게 된다. 1818년 57세 때 다산이 유배에서 풀려나 고향에 돌아와 1836년까지 500여 권의 저서를 제자들과 함께 정리하여 『여유당전서與猶堂全書』를 편찬한다. 다산은 유배 과정에서 불교와 접촉했고 유배에서 풀려난 후 서학에 접근했다. 다산은 선진 유학 을 비롯하여 여러 사상에 대한 연구를 게을리하지 않았으며 그는 조선 후 기 사회의 대표적 학자이며 시인이었다.

황사영 백서사건黃嗣永 帛書事件 |

1801년(순조 1년) 초창기 천주교회 지도자의 한 사람인 황사영이 북경에 있던 프랑스 구베아(Gouvea, A. de) 주교에게 보낸 편지로 인해 발생한 사 건. 신유박해로 청나라 주문모周文謨 신부 등 많은 천주교 지도자들이 체포 되어 처형되거나 귀양을 가게 되었다. 그러자 주문모에게 세례를 받은 황 사영이 충청도 제천의 배론(舟論)의 토기 굽는 마을로 피신하여, 토굴에 숨 어서 당시 탄압의 실태와 대책을 기록했다. 당시 많은 천주교도가 구학리

베론 산골에 숨어 살았다.

그곳에 찾아온 황심黃沁과 상의하여 박해의 경과와 조선교회를 구출할 방도를 길이 62㎝, 너비 38㎝의 흰 비단에다 한 줄에 110자씩 총 121행 1만 3,311자를 먹글씨로 깨알같이 써서 그해 10월에 중국으로 떠나는 동지사冬至使 일행에 옥천희玉千禧를 끼어서 북경에 있던 프랑스 주교에게 보내려 한 것이다.

이 글에서 황사영은 신유박해의 상세한 전개 과정과 순교자들의 간단한 약전略傳을 기록했다. 또한 교회를 재건하고 포교의 자유를 얻기 위해서는 프랑스 함대를 파견해 조선 정부에 압력을 가하거나 종주국인 청나라 황제에게 청하여 조선도 서양 선교사를 받아들이도록 강요할 것을 요청하였다. 아니면 조선을 청나라의 한 성으로 편입시켜 감독하게 하거나, 서양의 배 수백 척과 군대 5-6만 명을 파견하여 조정을 굴복케 하는 방안 등을 제시하였다.

그러나 옥천희와 황심이 체포되어 백서가 압수되고 일당은 모두 처형되었으며 황사영은 대역 죄인의 죄목으로 능지처참陵遲處斬을 당했다. 백서사건 이후 조선 정부는 천주교가 단순히 미풍양속과 인륜을 어기는 데 그치는 것이 아니라 나라까지 팔아먹으려 한다고 생각해 천주교에 대한 탄압을 더욱 강화했다.

황사영 백서 원본은 1801년 압수되어 의금부에 보관되었는데 1894년 갑오경장 후 옛 문서를 파기할 때 우연히 당시 교구장이던 뮈텔(Mutel, G.C.M) 주교가 입수하여 1925년 한국 순교복자 79위의 시복식諡福式 때 로마 교황 피우스(11세)에게 전했다. 현재는 교황청 민속박물관에 소장되어 있으며 교황청에서 이를 200부 영인影印하여 세계 주요 가톨릭 국에 배포하였다고 한다.

112

놀란 기러기

정약용 丁若鏞

동작나루 서편에 갈고리달 떠 있는데

놀란 기러기 한 쌍 모래톱 위를 날아가네

오늘 밤 눈 덮인 갈대숲에 함께 지내다

날 밝으면 각각 머리 돌려 날아가겠지

—

驚雁-到果川作[1]경안-도과천작

銅雀津西月似鉤[2,3]동작진서월사구　　一雙驚雁度沙洲일쌍경안도사주

今宵共宿蘆中雪금소공숙노중설　　明日分飛各轉頭명일분비각전두

---

1 到果川作도과천작: 과천에 도착해서 지음. 놀란 기러기 한 쌍은 지은이 부부를 비유함.
2 銅雀津동작진: 서울의 동작동에 있던 나루.
3 月似鉤월사구: 갈고리달, 곧 초승달.

[참조]

　지은이의 나이 마흔, 신유박해로(1801년), 멀리 경상도 장기長鬐 지방으로 귀양길에 나설 때 아내는 아기를 안고 과천까지 따라와서 여관에서 함께 하룻밤을 머물렀다고 한다.

113

음주(1)

정약용 丁若鏞

술은 사람을 취하게 하니 모두 좋아하지

거문고를 다시 비스듬히 안네

홀로 천년의 벗을 생각하고

권세가의 집에는 가지 않네

만물이 어찌 변함이 없으리오만

어이하여 우리 인생 끝이 있는가

한가롭게 바라보는 뜰에 해 그림자 옮겨 가니

꽃 그림자 몇 가지로 갈라지네

—

飮酒(一)음주

麴米醺皆好[1]국미훈개호   雲和抱更斜[2]운화포갱사

獨思千載友[3]독사천재우   不向五侯家불향오후가

物態寧無變물태영무변　　　　吾生奈有涯오생내유애

閒看庭日轉한간정일전　　　　花影幾枝叉화영기지차

1 麴米국미: 누룩을 넣어 담근 술. 醺훈: 술에 취하다.
2 雲和운화: 원래 산 이름인데 그곳에서 거문고 만드는 재목이 나와 거문고의 이칭으로 쓰인다.
3 思千載友사천재우: 상우천고尙友千古(천년을 거슬러 옛사람과 벗함)의 의미이다.

노을빛 치마에 쓴 시

정약용 丁若鏞

이리저리 날던 새들

정원 매화가지에 날아와 쉬네

매화 향 짙게 풍기니

꽃향기 따라 날아온 것이겠지

여기 머물러 살며

즐겁게 가정 이루거라

꽃도 이미 활짝 피었으니

열매도 주렁주렁 맺으리

—

梅花雙鳥圖매화쌍조도

翩翩飛鳥편편비조   息我庭梅식아정매

有烈其芳유열기방   惠然其來혜연기래

爰止爰棲[1] 원지원서　　　　樂爾家室낙이가실

華之旣榮화지기영　　　　有蕡其實유분기실

[참조]

이 시는 다산茶山이 전남 강진에서 유배 생활할 때 쓴 시다. 부인 홍예완 (1761~1838)이 낡은 치마 여섯 폭을 보내왔다. 시집올 때 입었던 홍의였는 데 그 색이 바래 자색 치마가 되어 있었다. 다산은 낡은 치마를 오려 종이 를 덧붙여 첩帖을 만든다. 다산은 네 권의 하피첩을 엮어 두 아들 학연, 학 유에게 교훈이 될 만한 글을 적은 서첩을 만들어 보내고 남은 천으로 윤씨 가문으로 시집가는 딸에게 매화쌍조도梅花雙鳥圖를 그린 후 거기에 시 한 편 을 곁들어 썼다.

다산보다 두 살 아래인 윤서유는 유배지에서 지내는 다산의 뒤를 잘 봐 주었는데 서로 사돈 관계를 맺게 되었다. 다산은 윤서유의 아들 윤영희에 게 외동딸을 시집보낸 것이다. 다산은 슬하에 9남매를 두었으나 천연두로 6남매를 잃고 2남 1녀가 생존했다. 18년간 전남 강진에서 유배 생활을 할 때 아들들은 수차 강진 땅을 왕래했으나 부인과 딸은 한 번도 왕래를 못했 다 한다. 귀한 외동딸이 여섯 살 때 유배를 떠난 다산은 그 딸이 시집갈 때 까지 얼굴 한 번 볼 수 없었던 것이다.

시집가는 딸에게 아버지로서 아무것도 해 줄 수 없었던 다산은 딸이 시 집 간 이듬 해 부인이 보내온 치마로 하피첩을 만들고 남은 자투리로 종이 를 덧대 마름질하여 작은 가리개를 만들어 매화쌍조도를 그리고 그 아래

---

1 爰止爰棲원지원서: 여기에 머물러 쉬다. 爰원: 이에, 곧, 여기에서.

시를 적어 딸에게 보냈다고 한다. 그림과 시 속에 아버지의 애련한 마음
이 퇴색되지 않은 채 지금까지 오롯이 남아 있다(하피첩霞帔帖은 경매 시장에
서 7억 5천만 원에 국립민속박물관이 사들여 보관하고 있다고 한다. 하피첩은 "노
을빛 치마에 쓴 서첩"이라는 뜻이다).

호박

정약용 丁若鏞

굳은비 열흘에 사람 다니는 길 끊기고
성안 외진 골에 밥 짓는 연기 사라졌네
성균관에서 집에 돌아와
문을 열고 들어서니 시끄럽게 야단이 났네
들어 보니 항아리 빈 지 수일이 되었다 하네
호박죽을 쑤어 배를 채웠는데
어린 호박 다 땄으니 앞으로는 어찌하나
늦게 핀 꽃은 지지 않아 열매 아직 안 맺혔네
옆집 밭의 항아리만큼 큰 호박을 보고
계집종이 엿보다가 슬그머니 훔쳐 와
충성을 바쳤으나 도리어 혼이 나네
누가 네게 훔치게 했느냐며 회초리가 매섭네
오호, 죄 없는 아이에게 성을 그만 내시게

이 호박은 내가 먹을 테니 더 이상 말을 말고
날 위해 밭주인에게 사실대로 말을 하시게
오릉의 작은 청렴 나는 싫어하오
나도 때를 만나면 높이 날을 날 있겠지만
그렇지 않다면 금광을 찾아 나서리라
만 권의 서적 읽었다고 아내가 어찌 배부를까
밭 두 떼기만 있었어도 계집종 죄짓지 않았으리

—

南瓜歎[1]남과탄

苦雨一旬徑路滅고우일순경로멸　城中僻巷烟火絶[2]성중벽항연화절
我從太學歸視家[3]아종태학귀시가　入門譁然有饒舌입문화연유요설
聞說罌空已數日문설앵공이수일　南瓜鬻取充哺歠[4]남과죽취충포철
早瓜摘盡當柰何조과적진당내하　晚花未落子未結만화미락자미결
隣圃瓜肥大如瓨인포과비대여강　小婢潛窺行鼠竊[5,6]소비잠규행서절
歸來效忠反逢怒귀래효충반봉노　孰敎汝竊箠罵切[7]숙교여절추매절
嗚呼無罪且莫嗔오호무죄차막진　我喫此瓜休再設아끽차과휴재설

---

1 南瓜歎남과탄: 호박에 대한 탄식.
2 僻巷벽항: 시골, 궁벽한 곳.
3 太學태학: 유학 교육을 맡은 국기기관인 성균관.
4 充哺歠충포철: 배를 채우다, 배불리 먹다.
5 潛窺잠규: 숨어 엿보다.
6 鼠竊서절: 몰래 훔치다. 쥐가 먹이를 훔치는 것으로 비유.
7 箠罵추매: 꾸짖으며 매를 때리다.

爲我磊落告圃翁[8] 위아뇌락고포옹   於陵小廉吾不屑[9] 오릉소염오불설
會有長風吹羽翮 회유장풍취우핵   不然去鑿生金穴 불연거착생금혈
破書萬卷妻何飽 파서만권처하포   有田二頃婢乃潔 유전이경비내결

[참조]

이 시는 다산의 23세 때, 곤궁했던 젊은 시절 아내가 남의 집 호박을 훔친 여종을 야단치는 것을 보고 쓴 시다. 다산은 서울 남산자락에 있는 지금의 회현동에 신혼살림을 차리고 살았다고 한다. 권세 있는 양반이 주로 거주하던 북촌에 비해 비교적 가난한 동네여서 가난한 양반을 빗대어 말한 '남산골샌님'이란 단어가 여기서 나왔다고 한다.

---

8 磊落뇌락: 마음이 너그럽고 작은 일에 매이지 않음. 磊뢰: 돌무더기, 큰 모양.
9 於陵오릉: 중국 제나라 때 진중자陳仲子는 매우 청렴하여 집안이 매우 풍족한데도 이를 불의한 것이라 하여 오릉 땅에 가서 매우 가난하게 살았다 한다.

116

두 갈래 길

정약용 丁若鏞

나는 율정의 주점을 미워하니

문 앞의 길이 두 갈래로 갈라져 있어서입니다

원래 한 뿌리에서 태어났으나

지는 꽃잎처럼 뿔뿔이 흩어지겠지요

광활한 천지를 본다면

일찍이 한 집안 아님 없겠지만

구차한 내 모습 바라보니

슬픈 생각 늘 끝이 없습니다

—

奉簡巽菴(其一)¹ 봉간손암

1 **奉簡巽菴**봉간손암: 손암에게 편지를 올림(손암은 다산의 형님 정약전丁若銓의 호).

生憎栗亭店² 생증율정점　　門前歧路叉 문전기로차

本是同根生 본시동근생　　分飛似落花 분비사낙화

曠然覽天地 광연남천지　　未嘗非一家 미상비일가

促促視形軀³ 촉촉시형구　　惻怛常無涯⁴ 측달상무애

[참조]

　1801년 다산은 전남 강진으로, 그의 형 정약전은 전남 흑산도 유배지로 떠나면서 나주 율정리에서 마지막 이별을 할 때의 슬픔을 글로 써서 서간書簡을 대신하여 형에게 보낸 시다. 다산은 유배지에서 수많은 작품을 남겼는데 그 형인 손암 정약전 또한 유배 생활을 하며 흑산도 근해의 수산 동식물 155종에 대한 실제 조사를 토대로 명칭, 분포, 형태, 습성 및 이용 등에 관한 사실을 묶어 『자산어보玆山魚譜』라는 소중한 책을 남겼다.

2　栗亭店율정점: 전남 나주에 있는 율정 삼거리(나주에서 북쪽으로 5리 거리에 있는데 1801년 11월 22일 형 손암과 헤어진 곳이다).

3　促促촉촉: 재촉하다, 급박하다, 구차하다.

4　惻怛측달: 슬픈 생각, 근심. 怛달: 슬프다, 근심하다.

117

늙은이의 한 가지 유쾌한 일(2)

정약용 丁若鏞

늙은이의 한 가지 유쾌한 일은

치아 없는 게 또한 그다음이라

절반만 빠지면 참으로 고통스럽고

완전히 없어야 마음이 편안하네

한창 움직여 흔들릴 적엔

가시로 찌른 듯 매우 시고 아파서

침놓고 뜸질해도 끝내 효험은 없고

쑤시다가는 때로 눈물이 났었는데

이제는 여러 근심거리 사라지고

밤새도록 잠을 편안히 잔다네

다만 가시와 뼈만 제거하면

어육도 꺼릴 것 없이 잘 먹네

잘게 썬 것만 삼킬 뿐 아니라

큰 고깃점도 능히 삼키거니와

위아래 잇몸 이미 굳은 지 오래라

자못 부드럽고 기름진 고기는 끊을 수 있네

그리하여 치아가 없는 것 때문에

먹고픈 걸 서글프게 그만두지 않는다네

다만 턱이 위아래로 크게 움직여

씹는 모양이 약간 부끄러울 뿐이네

이제부터는 사람의 질병 이름이

사백 네 가지가 다 안 되리니

유쾌하도다, 의서 가운데서

치통이란 글자는 빼 버려야겠네

一

老人一快事(二)노인일쾌사(2)

老人一快事노인일쾌사	齒豁抑其次치활억기차
半落誠可苦반락성가고	全空乃得意전공내득의
方其動搖時방기동요시	酸痛劇芒刺산통극망자
鍼灸意無靈침구의무령	鑽鑿時出淚찬착시출루
如今百不憂여금백불우	穩帖終宵睡온첩종소수
但去鯁與骨단거경여골	魚肉無攸忌[1]어육무유기
不唯呑細聶불유탄세섭	兼能吸大胾겸능흡대자
兩齶久已堅양악구이견	頗能截柔膩파능절유이
不以無齒故불이무치고	悄然絕所嗜초연절소기

山雷乃兩動산뇌내양동　　　嗑嗑差可愧²합합차가괴

自今人病名자금인병명　　　不滿四百四불만사백사

快哉醫書中쾌재의서중　　　句去齒痛字구거치통자

[참조]

　이 시는 노인의 한 가지 즐거운 일에 관하여 시 6수를 백거이의 시체를
본받아(老人─快事六首效香山體) 그에 호응하여 지은 시이다.(백거이는 만년에 향상
거사香山居士라는 또 다른 호를 썼다).

---

1 無攸른무유기: 꺼릴 바 없다. 攸유: 바, 곳, 어조사.
2 嗑嗑합합: 입을 오물거리며 씹는 모양. 嗑합: 입을 다물다.

118

늙은이의 한 가지 유쾌한 일(4)

정약용 丁若鏞

늙은이의 한 가지 유쾌한 일은

귀먹은 것이 또 그다음이네

세상 소식에는 좋은 소리가 없고

모두가 다 시비 다툼뿐이니

헛칭찬은 하늘에까지 추어올리고

헛모함은 시궁창까지 떨어뜨리네

예악은 황무한 지 이미 오래되었으니

아, 약삭빠르고 경박한 아이들이여

개미가 떼 지어 교룡을 침범하고

생쥐가 사자를 물어뜯도다

그러나 이제 귀막이 솜으로 막지 않고도

천둥소리조차 점점 희미해지고

그 나머지는 모두 적막에 처해

낙엽을 보고 나서 바람 부는 줄 안다네

파리가 윙윙대거나 지렁이가 울어

소란을 피운들 누가 다시 알리오

겸하여 집에서 어른 노릇 잘할 수 있고

귀먹고 말 못해 큰 어리석은 자가 되었으니

비록 자석탕 같은 약을 권하더라도

호탕하게 웃고 의원을 한번 꾸짖으리

老人一快事(四)노인일쾌사(4)

老人一快事노인일쾌사　　　耳聾又次之이롱우차지

世聲無好音세성무호음　　　大都皆是非대도개시비

浮讚騰雲霄[1]부찬등운소　　虛誣落汚池[2]허무낙오지

禮樂久已荒예악구이황　　　儇薄嗟群兒[3]현박차군아

嚶嚶蠅侵蛟앵앵의침교　　　喞喞襲穿獅즉즉혜천사

不待纊塞耳[4]부대광색이　　霹靂聲漸微벽력성점미

自餘皆寂寞자여개적막　　　黃落知風吹황락지풍취

蠅鳴與蚓叫승명여인규　　　亂動誰復知난동수부지

兼能作家翁겸능작가옹　　　索黙成大痴색묵성대치

1　浮讚부찬: 헛칭찬.
2　虛誣허무: 남을 모함하는 일.
3　儇薄현박: 약삭빠르고 경박하다. 儇현: 영리하다, 빠르다, 민첩하다.
4　纊塞耳광색이: 귀막이 솜.

誰有磁石蕩[5]수유자석탕　　　　浩笑一罵醫호소일매의

---

5 磁石蕩자석탕: 얼굴이 검어지거나, 신장이 허하고 귀가 잘 안 들리거나, 또는 허리와 등의 통증을 치료하는 처방.

119

용산 마을의 아전

정약용 丁若鏞

아전들이 용산 마을에 들이닥쳐

소를 찾아내 관리에게 넘겨주니

소를 몰고 멀리멀리 가는 것을

집집마다 대문에 기대어 바라만 보네

고을 사또 노여움 풀기만 급급하니

약한 백성의 고통을 그 누가 알아주리

유월에 쌀을 바치라 하니

고달프기가 수자리 서기보다 더하네

좋은 소식은 끝내 오지 않고

수많은 생명 다 죽어 가니

궁박한 백성들이 참으로 애처로워

차라리 죽는 편이 더 낫겠네

남편 없는 과부와

자손 없는 영감은

우는 소를 바라보며 흘러내리는 눈물이

적삼과 치마를 다 적시네

마을 형편은 피폐하고 쇠락하였는데

아전은 어찌 눌러앉아 돌아가지 않는가

쌀독은 바닥난 지 이미 오랜데

무슨 수로 저녁밥을 지으라는 것인가

백성들 살아갈 길 끊어 버리니

마을마다 목메어 흐느끼네

소를 잡아 포를 떠서 세도가에게 바치면

거기에서 인재가 드러난다네

龍山吏용산리

吏打龍山村이타용산촌　　搜牛付官人수우부관인

驅牛遠遠去구우원원거　　家家倚門看가가의문간

勉塞官長怒면색관장노　　誰知細民苦수지세민고

六月索稻米유월색도미　　毒痛甚征戍독통심정수

德音竟不至덕음경부지　　萬命相枕死만명상침사

窮生儘可哀궁생진가애　　死者寧瞀矣사자영가의

婦寡無良人부과무양인　　翁老無兒孫옹노무아손

泫然望牛泣[1]현연망우읍　　淚落沾衣裙누락점의군

村色劇疲衰촌색극피쇠　　吏坐胡不歸이좌호불귀

瓶罌久已罄[2,3] 병앵구이경　　何能有夕炊하능유석취

坐令生理絶좌령생리절　　四隣同鳴咽사린동오열

脯牛歸朱門[4] 포우귀주문　　才謂以甄別[5] 재서이견별

[참조]

　용산리는 '용산 마을의 아전'이란 뜻으로 전문 24행 5언 고율의 한시이다. 유배 중에 강진에서 목격한 사실에 근거하여 사실적으로 묘사하고 있다. 다산은 여기에서 아전들이 마을에 찾아와 소를 빼앗아 가는 수탈 현장과 피폐한 백성들의 삶을 사실적으로 묘사하고 있다. 이 시의 제목에 차두운경오유월次杜韻庚午六月이라 병기하여 두보의 시에서 차운次韻하였음을 밝히고 있다.

　두보의 시는 석호리石壕吏로 두보가 석호촌에 들어가 하룻밤을 묵는데 아전이 찾아와 백성들을 징병해 가는 참혹한 상황을 그리고 있는 시다. "영감은 담을 넘어 달아나고 할멈이 나와서 관리와 대화하는 내용으로 세 아들이 징병으로 끌려가서 두 아들은 전사하고 집안에는 갓난 손자 외에 더 이상 남자가 없으니 할멈이 전쟁터에 따라가서 새벽밥 짓는 일이라도 거들겠다고 하소연하는" 내용이다.

　다산의 시에서는 아전은 관리에게 관리는 사또에게 사또는 권문세가로 이어지는 부패관리의 먹이사슬을 통해 아래로부터 맨 위까지 부패한 벼슬

1　泫然현연: 눈물을 흘리는 모양. 泫현: 이슬이 내리는 모양, 눈물 흘리는 모양.

2　瓶罌병앵: 단지, 항아리. 罌앵: 술 단지, 항아리, 단지.

3　已罄경: 이미 비다, 이미 다하다. 罄경: 비다, 다하다, 공허하다.

4　朱門주문: 예전에 고관이나 부자의 집은 붉은 색칠을 하였으므로 고관이나 부호의 집을 이름.

5　甄別견별: 뚜렷하게 구별하다. 甄견: 질그릇, 녹로, 가마.

아치들의 가렴주구苛斂誅求하는 횡포를 보여 주고 있다. 이렇게 사실에 근거하여 글을 쓸 수 있었던 것은 다산이 벼슬하면서 암행어사와 우부승지 등의 고관직에 있었던 경험이 바탕이 되었던 것으로 추정하고 있다. 나아가서 이러한 관리들의 부패를 척결하고자 하는 열망이 유배 중의 대표 저술인『목민심서牧民心書』를 저술하게 된 계기가 되었을 것으로 추정한다.

120

늙은 소를 탄식함

이광사 李匡師

진창에 빠져 다만 큰 소리로 울고

높은 평지 무거운 짐 끌고 갈 힘 어림없네

아침에는 푸른 언덕에 누워 해 그림자 의지하다

밤엔 배곯으며 외양간에서 날 밝기 기다리네

갈까마귀 등을 쪼다 수척한 것 슬퍼하고

망가진 쟁기 허리에 걸치고 밭 갈던 일 생각하네

쓰고 나서 버려짐은 예부터 그러하니

다만 하비에서 명성 있음이 불쌍하구나

—

老牛歎노우탄

陷泥蹶塊但雷鳴함니궐괴단뇌명   無望高平引重行무망고평인중행

朝臥綠坡依日晷[1]조와녹파의일귀   夜饑空囤待天明야기공돈대천명

寒鴉啄背悲全瘠한아탁배비전척 敗耒橫腰意舊耕패뢰횡요억구경

用盡身損終古事용진신손종고사 憐渠秪有下邳名²연거지유하비명

[참조] 이광사李匡師(1705-1777)

조선 후기의 문인, 서화가로 호는 원교圓嶠이다. 영조의 등극과 더불어 소론이 실각함에 따라 벼슬길에 나가지 못했으며 50세 되던 해 1755년(영조 31년) 소론 일파의 역모 사건에 연좌되어 신지도薪智島에 귀양 가서 그곳에서 일생을 마쳤다. 시, 서, 화에 모두 능하였으며 특히 글씨에서 그의 독특한 서체인 원교체를 이룩하여 후대에 영향을 끼쳤다. 저서로 서예의 이론을 체계화시킨 『원교서결圓嶠書訣』과 『원교집선圓嶠集選』이 있다.

---

1 日晷일귀: 해 그림자.

2 下邳名하비명: 중국 당나라 시인 한유韓愈가 『하비후혁화전下邳侯革華傳』을 쓴 것이 있는데 소를 의인화해서 쓴 풍자의 뜻을 담은 작품으로, 여기서는 공연히 실속도 없이 이름만 남았다는 뜻을 자조한 것이라 한다.

121

시골집에서

이규상 李奎象

맨드라미 오뚝하고 봉선화는 기울었는데
파란 박 넝쿨과 자줏빛 가지가 얽혀있네
한 무리 고추잠자리 왔다 가더니
높은 구름 마른 햇살에 가을이 다가왔네

―

田家行전가행

鷄冠迴立鳳仙橫[1]계관형립봉선횡　瓠蔓茄莖紫翠縈[2,3]호만가경자취영
一陣朱蜻來又去[4]일진주청래우거　雲高日燥見秋生운고일조견추생

---

1 鷄冠계관: 맨드라미.
2 瓠蔓호만: 박 넝쿨.
3 茄莖가경: 가지 줄기.
4 朱蜻주청: 고추잠자리.

[참조] 이규상李奎象(1727-1799)

조선 후기의 영·정조 때의 학자로 호는 유유재悠悠齋이다. 벼슬에 나서지

않고 일생을 글을 읽고 쓰는 데 바쳤다. 18세기 조선의 인물 180여 명을 기

록한 인물지『일몽고一夢稿』를 저술했다.

등

이언진 李彦瑱

기름등잔에 이삭이 한 치나 자랐는데

졸린 눈꺼풀 문지르니 까끄라기가 사라지고

한가운데 콩알만 한 부처님이

온몸에 자줏빛 원광을 둘렀네

—

燈등

油燈結穗寸來長유등결수촌래장	睡睫摩挲眼盡芒[1] 수첩마사안진망
一個當中如豆佛일개당중여두불	通身圍繞紫金光[2] 통신위요자금광

---

1 睡睫수첩: 졸음으로 눈꺼풀이 덮이다.
2 圍繞위요: 주위를 둘러싸다.

[참조] 이언진 李彦瑱(1740-1766)

　조선 후기의 문인으로 호는 송목관松穆館이다. 역관譯官 집안 출신으로 이용휴의 제자이다. 계미사행에 수행하여 일본에서 크게 문명을 떨쳤다고 한다. 죽기 전 모든 원고를 불사르려 하였으나 그의 부인이 수습하여 일부가 남았다고 한다. 27세에 요절한 천재 시인이다. 박지원의 한문 단편소설 『우상전虞裳傳』의 주인공이기도 하며 저서로『송목관신여고松穆館燼餘稿』와 『우상잉복虞裳剩馥』이 있다.

　이언진의 시 「등」은 불교의 게송偈頌이나 오도송悟道頌 같은 기상천외의 발상으로 깨달음의 심오함을 지녔다. 스승 이용휴는 이언진을 위한 만사 輓詞에서 "신령한 깨달음이 아름답고 지혜로운 자를 황천인들 어찌 가둬 두겠는가靈悟英慧者 黃泉豈能錮"라고 했다 한다. 또 이르기를 "오색의 신령스런 새가 인간이 사는 집 지붕 위에 내려앉았다가 사람들이 다투어 쳐다보자 놀라 날아가 버렸다면서 탄식했다五色非常鳥 來集屋之脊 衆人爭來看 驚飛忽無跡"고 한다.

123

서산에 해 질 때

이언진 李彦瑱

밝은 해 하늘길 건너 서산에 지면

그때마다 나는 울고 싶어지네

사람들은 대수롭지 않는 일로 여겨

어서 저녁상 내오라 재촉하네

—

白日轆轆西墜[1] 백일역록서추

白日轆轆西墜 백일역록서추 　　此時吾每欲哭 차시오매욕곡

世人看做常事 세인간주상사 　　只管催呼夕食[2] 지관최호석식

---

1 轆轆역록: 해가 지나는 길. 轆역: 갈다, 물레, 수레의 궤도. 轆록: 녹로, 도르래, 수레바퀴가 지나는 길.

2 只管지관: 오직, 다만.

5부

나 죽고
그대 살아서

시냇가 모래밭에 쓴 시

신위 申緯

수레 대신 천천히 걸어 꽃을 찾아 나섰네

황씨네 넷째 딸 집에 꽃이 막 피어나네

시 쓰려고 종이와 붓 찾지 않고

시냇가 가는 모래밭에 손가락으로 쓰네

___

尋花(一)심화

尋花緩步當輕車심화완보당경거 　　黃四娘家花發初황사낭가화발초

覓句不須呼紙筆멱구불수호지필 　　溪邊怡好細沙書계변이호세사서

[참조] 신위申緯(1769-1845)

　조선 후기 문신으로 호는 자하紫霞이다. 시, 서, 화 삼절三絕로 일컬어지며 저
서로 『경수당전고警修堂全藁』와 시 600수를 정선한 『자하시집紫霞詩集』이 있다.

125

나 죽고 그대 살아서

김정희 金正喜

어찌하면 월하노인에게 저승에 상소를 하게 해서

내세엔 우리 부부 서로 바뀌어 태어나게 할까

나 죽고 그대 천 리 밖에 살아서

그대 나의 이 슬픔 알게 하리라

—

悼亡[1] 도망

那將月姥訟冥司[2,3] 나장월모송명사　　來世夫妻易地爲 내세부처역지위

我死君生千里外[4] 아사군생천리외　　使君知我此心悲 사군지아차심비

---

1 悼亡도망: 사람의 죽음을 애도하다. 이 시는 배소만처상配所輓妻喪(유배지에서 아내의 죽음을 슬퍼함)이라 는 이름으로 알려져 있다.

2 月姥월모: 월하노인月下老로 결혼 중매를 맡는다는 신선 할미이다.

3 冥司명사: 명왕冥王, 곧 염라대왕.

4 千里外천리외: 당시 지은이는 제주도에서 귀양살이를 하는데 그의 아내 예안 이씨는 충남 예산에 있는 집에서 죽었다고 한다.

[참조] 김정희金正喜(1786-1856)

조선 현종 때의 문신으로 서예가이며 문인이다. 호는 추사秋史, 완당阮堂 외에 200여 개가 넘는다고 한다. 여러 서예 필체를 연구하여 자신만의 독특한 필체인 추사체를 완성하였다. 저서로『완당집阮堂集』이 있다.

추사는 24세 때 아버지를 따라 청나라 연경燕京으로 건너갔다. 그곳에서 당대 최고의 지식인들과 교분을 쌓으며 금석학과 서예, 전각 등을 익혀 훗날 추사체 탄생의 기틀을 다졌다. 추사는 1840년부터 9년 간 제주도에서 유배 생활을 하였는데, 그는 그곳에서 남종화의 대가인 소치 허유許維를 비롯한 많은 제자들을 길러 내며 절제와 여백의 미를 살린 〈완당 세한도歲寒圖〉와 같은 걸작을 탄생시켰다.

추사의 나이 57세인 1842년 11월 13일, 그의 부인은 예산에서 죽었다. 그 사실도 모르고 부인과 금슬이 좋았던 그는 부인에게 편지를 보내(현존하는 언간諺簡 33통 중에 31통이 부인에게 쓴 것이며, 13통은 제주도에서 쓴 것이라고 한다.) 제주도 음식이 맞지 않음을 투정하며 젓갈 등을 보내 달라고 했던 것이다. 나중 한 달 뒤인 12월 15일에야 부인이 죽은 뒤 자신이 반찬 투정을 했다는 사실을 알고 대성통곡을 하며 이 시를 썼다고 한다.

126

시골집

김정희 金正喜

장독대 동쪽에는 맨드라미 몇 송이

푸른 호박덩굴 외양간 지붕을 타고 오르네

작은 마을의 꽃 소식 살피니

접시꽃이 한 길이나 붉게 피었네

—

村舍촌사

數朶鷄冠醬瓴東[1] 수타계관장부동　南瓜蔓碧上牛宮[2] 남과만벽상우궁

三家村裡徵花事 삼가촌리징화사　開到戎葵一丈紅[3,4] 개도융규일장홍

---

1 鷄冠계관: 맨드라미를 한자말로 계관회鷄冠花라 부른다.

2 南瓜남과: 호박.

3 戎葵융규: 접시꽃의 한자말.

4 一丈紅일장홍: 접시꽃의 또 다른 이름. 한 길 높이로 붉게 핀다 하여 붙인 이름.

127

금강산

신좌모 申佐模

우뚝우뚝 뾰족뾰족 괴상하고 기이하여

사람과 신선, 귀신과 부처 모두 모여 있는 듯

평생에 금강산 위해 시 짓지 못함 애석했는데

금강산에 와서는 시 쓰는 일 그만두었네

—

長安寺[1]장안사

矗矗尖尖怪怪奇촉촉첨첨괴괴기   人仙鬼佛總堪疑[2]인선귀불총감의

平生詩爲金剛惜평생시위금강석   及到金剛便廢詩[3]급도금강편폐시

---

1 長安寺장안사: 강원도 회양군 장양면 금강산 장경봉에 있던 절.

2 堪疑감의: 의심해 볼 만하다.

3 廢詩폐시: 시 쓰는 일을 그만두다.

[참조] 신좌모申佐模(1799~1877)

호는 담인澹人. 저서로『담인집澹人集』이 있다.

주막에서

김병연 金炳淵

나그네 천 리 길에 지팡이 하나

남은 엽전 일곱 닢이 오히려 많네

주머니 속 네게 훈계하노니 깊숙이 잘 있거라

해 질 녘 주막 지날 때 술을 보면 어찌하겠느냐

___

艱飮野店[1]간음야점

千里行裝付一柯[2]천리행장부일가　　餘錢七葉尙云多여전칠엽상운다

囊中戒爾深深在낭중계이심심재　　野店斜陽見酒何야점사양견주하

---

1 艱飮野店간음야점: 들에 있는 주막에서 어렵게 술 한잔하다.
2 一柯일가: 하나의 나뭇가지, 지팡이.

[참조] 김병연金炳淵(1807~1863)

조선 헌종 때의 방랑시인이며 호는 난고蘭皐이다. 세상에는 김삿갓으로 널리 알려져 있다. 그의 집안은 선천宣川 부사였던 할아버지 김익순金益淳이 홍경래의 난 때 투항한 죄로 멸족을 당했다. 노복 김성수의 구원으로 형 김병하와 함께 황해도 곡산谷山으로 피신해서 공부했다. 후일에 멸족에서 폐족으로 사면되었으나 부친 김안근金安根은 화병으로 죽고 그 어머니는 자식들이 폐족으로 멸시받는 것이 싫어서 강원도 영월로 옮겨 신분을 숨기고 살았다.

이러한 사실을 모르는 김병연이 과거에 응시하여 論鄭嘉山忠節死嘆金益淳罪通于天이라는 그의 할아버지 김익순을 죄인으로 평하는 시제로 장원급제하였다. 그 뒤 할아버지의 내력을 그의 어머니에게 듣고서 조상을 욕되게 한 죄인이라는 자책과 폐족의 집안이라는 멸시 등으로 20세 무렵 처자식을 남겨 둔 채로 방랑의 길에 올랐다. 이때부터 그는 하늘을 볼 수 없는 죄인이라고 하여 삿갓을 쓰고 죽장을 짚은 채 전국을 떠돌았다. 서울과 충청도 경상도를 유랑한 후 충청도, 평안도, 전라도를 유랑했다.

김병연이 전라도 지역을 유랑하다 동복同福(전남 화순군 동복면)에서 쓰러졌는데 어느 선비가 나귀에 태워 자기 집으로 데려가 회생시켰다. 그는 다시 지리산을 두루 유랑하다 쇠약한 몸으로 그 선비 집으로 돌아와 1863년 57세의 나이로 한 많은 생을 마치게 된다. 그의 둘째 아들 김익균이 아버지의 유해를 수습하여 강원도 영월군 의풍면 태백산 기슭에 묻었다 한다. 그는 전국을 누비며 많은 한시를 남겼는데, 그의 시는 시대에 대한 풍자와 해학을 담고 있으며 파격적 요소를 보여 주고 있다.

눈

김병연 金炳淵

천황이 죽었나 인황이 죽었나

나무도 청산도 모두 상복을 입었네

내일 아침 해님이 와서 조문하면은

집집마다 처마 끝에 눈물방울 떨어지리

雪설

天皇崩乎人皇崩[1] 천황붕호인황붕　　萬樹靑山皆被服[2] 만수청산개피복

明日若使陽來弔 명일약사양래조　　家家簷前淚滴滴[3] 가가첨전누적적

---

1 天皇천황: 태곳적 삼황오제三皇五帝 시기의 중국 전설 속의 임금. 천황은 복희伏羲씨, 지황은 신농神農씨, 인황은 황제皇帝.

2 被服피복: 상복을 입다. 흰 눈을 상복을 입은 것으로 비유.

3 簷前첨전: 처마 끝.

삿갓을 노래함

김병연 金炳淵

흔들흔들 내 삿갓 빈 배와 같네

한 번 쓴 후로 한평생 마흔 해

목동의 행색으로 들 송아지나 따르고

고기잡이 노인 신세로 강의 갈매기와 짝했네

한가하면 벗어 걸어 두고 꽃구경하고

흥겨우면 손에 들고 완월루에 오르네

속인들 의관이야 모두 겉치레

하늘 가득 비바람 속에 나 홀로 근심 없네

詠笠영립

浮浮我笠等虛舟[1]부부아립등허주　　　一着平生四十秋일착평생사십추

---

1 浮浮부부: 삿갓이 흔들리는 모양을 둥실 떠 흘러가는 것으로 표현.

牧竪行裝隨野犢목수행장수야독　　　　漁翁身勢伴江鷗어옹신세반강구

閑來脫掛看花樹한래탈괘간화수　　　　興到携登翫月樓[2]흥도휴등완월루

俗子衣冠皆虛飾속자의관개허식　　　　滿天風雨獨無愁만천풍우독무수

2 翫月樓완월루: 달구경 하러 오르는 누대. 翫완: 희롱하다, 가지고 놀다.

131

거사비

이상적 李尙迪

떠나는 원님 기린다며 비석 새길 돈 마구 걷네

백성은 이곳저곳 떠도는데 누가 돈 걷게 하는가

비석은 길가에 말없이 서 있는데

새로 온 저 원님도 구관 같이 어진 이인가?

—

題路傍去思碑[1] 제노방거사비

去思橫斂刻碑錢[2] 거사횡렴각비전　　編戶流亡孰使然[3,4] 편호유망숙사연

片石無言當路立[5] 편석무언당로입　　新官何似舊官賢 신관하사구관현

---

1 題路傍去思碑 제노방거사비: 거사비는 지방 고을을 다스리던 수령이 떠난 뒤에 그가 재임했을 때의 공덕을 기리며 세우는 비석이다. 송덕비頌德碑와 같은 의미이다.

2 橫斂횡렴: 무법으로 세금을 징수함.

3 編戶편호: 호적을 편성하거나 호적에 편입함. 집집마다 짝을 지음.

4 流亡유망: 일정하게 사는 곳 없이 떠돌아다님.

5 片石편석: 조각돌, 비석.

[참조] 이상적李尚迪(1804-1889)

　조선 순조 때의 서도가書道家, 시인, 역관譯官으로 호는 우선藕船이다. 청나라에 열두 번이나 드나들며 명사들과 교유하고 백화白話로 대화하였으며 우리나라보다 중국에 더 많이 알려졌다고 한다. 대대로 통역을 담당한 집안으로 헌종 임금이 그의 시를 읊었으므로 문집 이름을 『은송당집恩誦堂集』이라 했고, 은송당恩誦堂을 그의 호로 쓰기도 했다.

132

농부의 흥겨움

이정직 李定稷

열 단의 황금 벼가 등 뒤에 높은데
논둑에 이어진 행렬 수고로움 사양하지 않네
볏단을 부리고 나면 오히려 힘이 생김을 알아
한입에 연거푸 막걸리 큰 잔을 기울이네

―

田家雜興¹전가잡흥

十束黃禾背上高십속황화배상고   聯行度陌不辭勞²연행도맥불사노
卸來知有還生力³사래지유환생력   一口連傾大白醪⁴일구연경대백료

---

1 田家雜興전가잡흥: 농촌의 이런저런 흥겨움을 읊은 시.
2 度陌도맥: 논두렁을 지나다. 陌맥: 길, 두렁, 경계.
3 卸來사래: 짐을 부리다, 내려놓다. 卸사: 짐을 풀다, 짐을 부리다.
4 白醪백료: 막걸리, 탁주.

[참조] 이정직李定稷(1841-1910)

조선 고종 때의 학자로 호는 석정石亭이다. 저서로 『석정집石亭集』이 있다.

목숨을 끊으며

황현 黃玹

새와 짐승도 슬피 울고 바다와 산도 눈을 찡그리네

무궁화 세상 이미 망하고 말았네

가을 등불 아래 책 덮고 천고를 헤아리니

인간 세상 지식인 노릇 참으로 어렵구나

—

絕命詩절명시

鳥獸哀鳴海嶽嚬조수애명해악빈　　　槿花世界已沈淪[1]근화세계이침륜

秋燈掩卷懷千古[2]추등엄권회천고　　　難作人間識者人난작인간식자인

1 沈淪침륜: 침몰하다. 재산이나 권세가 없어지고 보잘것없이 되다.
2 掩卷엄권: 책을 덮다.

황현黃玹(1855-1910)

조선 말기 우국지사이자 문인으로 호는 매천梅泉이다. 임오군란과 갑신정변 이후 과거를 포기하고 전남 구례로 귀향하여 학문과 문학에 전념했다. 강화학파의 일원으로 일컬어진다. 한말의 격동기를 지나면서 『매천야록梅泉野錄』과 『오하기문梧下記聞』을 저술하여 당대사에 대한 증언을 남겼다.

을사조약이 체결되자 국권회복운동을 위해 중국으로 망명을 시도했으나 실패하고 한일합방이 되자 절명시 4편을 남기고 음독 순국했다. 저서로 『매천집梅泉集』, 『매천야록梅泉野錄』, 『오하기문梧下記聞』, 『동비기략東匪紀略』 등이 있다. 매천은 경술국치 후 1910년 음력 8월 6일 새벽 더덕술에 다량의 아편을 타 마시고 자결하였다고 한다. 유서와 절명시 네 편이 남아 있는데 그중 세 번째 시이다.

을사조약乙巳條約 │

1905년 일제가 대한제국의 외교권을 박탈하기 위해 강제로 체결한 조약으로 공식 명칭은 한일협상조약, 제2차 한일협약, 을사보호조약이라고도 한다. 1904년 러일전쟁에서 승리한 일본은 1905년 가쓰라태프트 밀약을 통해 미국으로부터 일본의 한국에 대한 종주권을 인정받았으며, 8월에는 영일동맹조약을 통해 영국으로부터도 한국에 대한 지도감리보호의 권리를 인정받았다. 그해 9월 5일 포츠머스조약을 통해 러시아로부터도 한국에 대한 지도감리 및 보호의 권리를 승인받았다.

일제는 한국에 1904년 2월 3일 일본군 1개 사단이 서울에 진주하며 위협을 가하는 가운데 한국정부는 시정 개선에 대해 일제의 충고를 허용한다는

'한일의정서'를 강압적으로 체결하고 내정 간섭의 길을 열었다. 그 후 '한일의정서' 세칙을 내세워 군사행동과 토지의 점령, 수용을 자의적으로 단행했으며 한국의 내정을 장악해 나갔다. 을사조약이 체결되자 국내의 반일 열기는 고조되었다. 1905년 11월 20일 장지연張志淵이 황성신문에 「시일야방성대곡是日也放聲大哭」이라는 논설을 통해 조약에 조인한 매국대신들을 통렬히 비판했다.

한국 정부의 외교권을 박탈한 일제는 12월 21일 통감부統監府 및 이사청理事廳 관제를 공포하고 초대 통감 이토 히로부미伊藤博文를 임명한다. 또한 통감은 오로지 외교에 관한 사항만을 관리하기 위해 경성에 주재한다고 조약에 규정하고 있음에도 불구하고 이토는 한국의 시정 개선施政改善의 자문에 관한 주요 급무들에 관해 각 대신들과 협의 결정하여 국왕의 재가를 거쳐 시행하겠다는 뜻을 분명히 했다. 이로써 한국 시정 개선에 관한 협의회를 수시로 열어 이를 주재하면서 사실상 한국의 내정을 총지휘하기 시작했다.

한일합방韓日合邦 |

1910년 8월 29일 일본의 강압 아래 대한제국의 통치권을 일본에 양여함을 규정한 한국과 일본의 조약. 통감정치 이후 실질적인 통치권을 일본에게 빼앗겨 형해화形骸化된 한국을 국호마저 박탈하려던 일본의 획책은 이미 1909년 일본 내각회의에서 확정된 상태였다. 1910년 6월 30일 일본은 한국의 경찰권을 빼앗은 다음 7월 12일 병합 후의 통치방침을 마련해서 조선통감으로 임명된 데라우치 마사타케寺內正毅가 이를 휴대하여 부임케 함으로써 본격적인 국권침탈의 공작을 전개한다.

8월 16일 데라우치는 총리대신 이완용과 농상공대신 조중응을 통감 관저로 불러 병합조약의 구체안을 밀의密議 하고 18일 각의에서 합의를 보게 한 다음 22일 순종 황제 앞에서 형식적인 어전회의를 거치게 하고, 그날로 이완용과 데라우치가 조인을 완료했다. 조약의 조인사실은 일주일간 비밀에 부쳐졌다가 8월 29일 이완용이 윤덕영을 시켜 황제의 어새御璽를 날인하여 이른바 칙유勅諭와 함께 병합조약을 반포하였다. 이로써 조선 왕조는 27대 519년 만에 멸망하고 한국은 일본의 식민 지배를 받게 되었다.

속세로 돌아가며

설요 薛瑤

구름 같은 마음으로 정숙하게 살려 했는데

골이 적막하니 사람 하나 볼 수 없네

고운 풀의 넉넉한 향기를 생각하니

장차 이 청춘을 어찌할거나

返俗謠[1]반속요

化雲心兮思淑貞화운심혜사숙정　　洞寂滅兮不見人동적멸혜불견인

瑤草芳兮思芬蒀[2]요초방혜사분온　　將奈何兮是靑春[3]장내하혜시청춘

---

1 返俗謠반속요: 속세로 돌아가는 노래.

2 芬蒀분온: 향기가 왕성함. 蒀온: 성한 모양.

3 將奈何: 장차 이를 어찌할거나.

[참조] 설요薛瑤(?-693)

　　신라 신문왕 때의 여류 시인이며 당나라 고종 때 좌무장군을 지낸 설승충薛承沖의 딸이다. 15세 때 아버지를 여의고 불교에 귀의하려 출가했으나 6년이 지난 후 시 「반속요」를 짓고 환속했으며 그 뒤에 당나라 사람 곽원진郭元振의 첩이 되었다고 한다. 693년 2월 17일 통천현 관사에서 타계했는데, 중국 시인 진자앙陳子昂이 설요의 묘비에 시를 써 그녀의 죽음을 기렸다고 한다.

야음

김호연재 金浩然齋

달빛에 잠긴 온 산은 고요한데

샘에 비친 몇 개의 별빛이 맑다

댓잎에 스치는 바람 안개를 씻어 내고

매화에 비이슬 맺히네

삶은 석자 칼날 위에 있고

마음은 내걸린 하나의 등불

서러워라 올 한 해도 저물어 가니

흰 머리만 해마다 느는구나

——

夜吟야음

月沈千嶂靜월침천장정   泉影數星澄천영수성징

竹葉風煙拂죽엽풍연불   梅花雨露凝매화우로응

生涯三尺劍생애삼척검　　　心事一懸燈심사일현등

惆悵年光暮[1]추창연광모　　　衰毛歲又增쇠모세우증

[참조] 김호연재金浩然齋(1681-1722)

　조선 후기의 여성 시인이며 호는 호연재浩然齋이다. 부친 김성달과 모친 연안 이씨도 시를 잘 지어서 일상적으로 가족의 시적 분위기 속에서 성장했다. 그의 『자경편自警篇』과 시집은 언해되어 관련 가문들의 여성 사이에 필사되어 읽혔다고 한다. 작품 수준도 뛰어나 허난설헌許蘭雪軒과 비교되어 평가되었다. 저서로 『오두추도鰲頭追到』, 『호연재유고浩然齋遺稿』 등이 있다.

---

[1] 惆悵추창: 몹시 슬픔.

봄날 여인의 마음

김삼의당 金三宜堂

인적 없는 비단 창에 날이 저물어

낙화 가득한 뜰에 나가 중문을 닫네

그대 생각에 잠 못 드는 괴로움 알려거든

비단 이불 붙들고 눈물 자국 찾아보세요

春閨詞[1] 춘규사

人靜紗窓日色昏[2] 인정사창일색혼   落花滿地掩重門 낙화만지엄중문

欲知一夜想思苦 욕지일야상사고   試把羅衾檢淚痕[3] 시파나금검루흔

---

[1] 春閨詞춘규사: 봄날 안방 여인의 시. 전 18수 중 제2수이다.
[2] 紗窓사창: 비단 창, 여인이 거처하는 방의 창.
[3] 試把시파: 붙들고 시도하다.

[참조] 김삼의당金三宜堂(1769-1823)

조선 정조 때의 여류 시인으로 호는 삼의당三宜堂이다. 남편에 대한 애정을 표현한 시를 남겼다. 저서로 『삼의당고三宜堂稿』가 있다.

나그네

김운초 金雲楚

쓸쓸한 기러기 높이 날아가네
떠돌이 인생 반은 타향살이
누가 산촌의 떡방아 찧는 소리 견딜 수 있으리
개는 달을 보고 짖는데 달은 푸르기만 하네

—

宿檢秀[1]숙검수

寒雁高飛遠한안고비원　　　　浮生半異鄕부생반이향
誰堪山杵響[2]수감산저향　　　犬吠月蒼蒼[3]견폐월창창

---

[1]宿檢秀숙검수: 검수에서 자며.
[2]杵響저향: 절구공이질 소리, 방아질 소리.
[3]蒼蒼창창: 푸르고 푸르다.

조선 중기 때의 성천成川의 명기名妓로 호는 부용芙蓉이다. 시문과 가무에 뛰어났다. 저서로 『운초당시고雲楚塘詩稿』가 있다. 운초는 연천 김이양(1755-1845)의 나이 77세 때(1831년) 그의 소실이 되어 약 15년간 성천과 한양에서 생활한 것으로 알려져 있다.

늦봄 뒤뜰에서

김청한당 金清閒堂

흰 구름 막 피어올라 온갖 자태 만들고

휘늘어진 버드나무에 해 그림자 느리다

집 모퉁이 살구꽃은 흰 눈처럼 환한데

꾀꼬리 울음소리 들으며 시를 짓네

—

晚春坐後庭一首[1]만춘좌후정일수

白雲初起轉多姿백운초기전다자　　楊柳垂垂日影遲양류수수일영지

屋角杏花明似雪옥각행화명사설　　鸎兒聲裏坐題詩[2]앵아성리좌제시

---

1 晚春坐後庭一首만춘좌후정일수: 늦봄 뒤뜰에 앉아 시를 짓다.

2 鸎兒앵아: 꾀꼬리, 앵무새.

조선 고종 때의 여류 시인으로 호는 청한당淸閒堂이다. 15세에 시집을 가서 2년 뒤에 홀로 되었으나 정절이 높고 효성이 지극했다고 한다. 저서로 『청한당신고淸閒堂散稿』가 있다.

임을 기다리며

능운 凌雲

달이 뜨면 오신다고 약속하신 임

달이 떠도 우리 임 오시질 않네

생각건대 아마도 임 계신 곳은

산이 높아 달도 더디 뜰 거예요

―

待郎君[1]**대낭군**

郎云月出來낭운월출래 　　　月出郎不來월출낭불래

想應君在處[2]상응군재처 　　　山高月上遲산고월상지

---

1 **待郎君**대낭군: 낭군을 기다리며.

2 **想應**상응: 생각건대 응당 그럴 것이다.

[참조] 능운凌雲(생몰연대 미상)

조선 후기의 기녀妓女.

죽은 딸을 슬퍼하며

남씨 南氏

아홉 살까지 칠 년을 그리 앓다가
산에 가 누우니 너는 편안하냐
가엾은 것은 오늘 밤 눈이 저리 오는데
어미와 헤어지고 나서 춥지도 않냐

—

悼亡女[1] 도망녀

九歲七年病구세칠년병	歸臥爾應安귀와이응안
可憐今夜雪가련금야설	離母不知寒이모부지한

[참조] 남씨南氏(생몰연대 미상)

『대동시선大東詩選』에는 이 시의 제목이 「도손녀悼孫女」로 되어 있다고 한다.

---

1 悼亡女도망녀: 죽은 딸을 애도함.

앓고 나서

박죽서 朴竹西

앓고 나니 살구꽃 핀 시절 다 지나가고

마음은 흔들흔들 매지 않은 배와 같네

아무 일 없는 것이 초목이나 매한가지

깊이 묻혀 사는 것도 신선 배우자는 것 아니네

글 상자 속 짧은 시구 그 누구와 화답하리

거울 속 마른 모습 스스로 가엽네

이십삼 년 동안 무엇을 바라 살았던가

바느질로 반 시 쓰는 일 반이었네

—

病後병후

病餘已度杏花天병여이도행화천　　心似搖搖不繫船심사요요불계선

無事只應同草木무사지응동초목　　幽居不是學神仙유거불시학신선

篋中短句誰相和[1]협중단구수상화　　鏡裏癯容却自憐[2]경리구용각자련

二十三年何所業이십삼년하소업　　半消針線半詩篇반소침선반시편

[참조] 박죽서朴竹西(1817-1851년경)

　조선 철종 때의 여류 시인으로 호는 반아당半啞堂이다. 서기보徐箕輔
(1785-1870)의 소실이다. 어려서부터 경사經史와 시문詩文을 읽는 일과 바
느질을 항상 같이했다고 한다. 시집에 「십세작十歲作」이 있는 걸로 보아 어
렸을 때부터 시를 써 온 것으로 알려져 있다. 저서로『죽서시집竹西詩集』이
있다.

1　篋中협중: 글을 써서 넣어 놓는 상자.
2　癯容구용: 여윈 얼굴.

대관령에서 고향을 바라보며

신사임당 申師任堂

늙으신 어머니를 임영에 두고

홀로 서울 향해 떠나는 서글픈 마음

머리 돌려 바라보니 북평이 한눈에 펼쳐지고

흰 구름 날아 내리는 저문 산은 푸르기만 하네

—

踰大關嶺望親庭[1] 유대관령망친정

慈親鶴髮在臨瀛[2,3] 자친학발재임영　　身向長安獨去情 신향장안독거정

1 踰大關嶺望親庭 유대관령망친정: 대관령을 넘으며 친정을 바라봄. 오래전 서울에 신행 가서 이태를 살기도 했지만 혼례를 올린 지 20년 되던 해(38세) 홀로된 친정어머니를 두고 강릉 북평촌을 떠나 장안長安으로 살러 갈 때의 소회를 쓴 시다.

2 慈親 자친: 인자한 어버이라는 뜻으로 남에게 자기 어머니를 이를 때 쓴다.

3 臨瀛 임영: 강릉의 옛 지명. 고려 34대 공양왕 때 강릉을 대도호부大都護府로 승격시키고 별호를 임영臨瀛이라고 했다.

回首北坪時一望회수북평시일망　　　白雲飛下暮山靑백운비하모산청

[참조] 신사임당申師任堂(1504~1551)

조선 중기 때의 여류 서화가, 문장가로 호는 사임당師任堂 또는 사임당思任堂, 사임당師姙堂으로도 사용했다. 신사임당의 외할아버지 이사온은 사임당의 어머니를 출가 후에도 계속 친정에서 살게 했으므로 사임당도 외가에서 생활하면서 어머니에게 여성의 예의범절과 더불어 학문을 배워 부덕과 교양을 갖춘 현부로 자랐다. 서울에서 주로 생활하는 아버지와는 16년간 떨어져 살았고 19세에 이원수李元秀와 결혼하였으나 시집에 가지 않고 친정에 머물렀다.

결혼 몇 달 후 아버지가 세상을 떠나자 삼년상을 마친 뒤 서울로 올라갔다. 시집의 터전인 파주 율곡리에 기거하기도 하였고, 강원도 평창군 봉평면 백옥포리에서도 여러 해 살았다고 한다. 이따금 친정에 가서 홀로 사는 어머니와 지내기도 했으며 셋째 아들 율곡 이이李珥도 강릉에서 출산했다. 1541년 38세에 시집 살림을 주관하기 위해 아주 서울로 떠나왔으며 수진방壽進坊(지금의 종로구 수송동과 청진동)에 살다가 1551년 48세에 삼청동으로 이사하였다. 이해 여름 남편이 수운판관水運判官이 되어 아들들과 함께 평안도에 갔을 때 갑자기 세상을 떠났다.

어머니 생각

신사임당 申師任堂

천 리 먼 고향 만 겹 산봉우리

돌아가고 싶은 마음 오래도록 꿈속에 있네

한송정 가에는 외로운 달이 뜨고

경포대 앞에 한바탕 스치는 바람

바닷가 모래밭의 갈매기는 모였다가 흩어지고

파도치는 바닷가 고깃배는 분주히 오가지

어느 때나 임영로 다시 밟아

비단 색동옷 입고 부모님 곁에서 바느질해 볼까

―

思親사친

千里家山萬疊峰천리가산만첩봉   歸心長在夢魂中귀심장재몽혼중

寒松亭畔孤輪月[1]한송정반고륜월   鏡浦臺前一陣風경포대전일진풍

沙上白鷗恒聚散² 사상백구항취산　　　波頭漁艇每西東 파두어정매서동

何時重踏臨瀛路³ 하시중답임영로　　　綵服斑衣膝下縫⁴ 채복반의슬하봉

1 寒松亭한송정: 강원도 강릉시 성내동에 있는 정자.
2 聚散취산: 모였다가 흩어짐.
3 臨瀛임영: 바닷가에 임한 곳, 강릉. 고려 때 함경남도와 강릉을 합쳐 임해명주臨海溟洲라 하였다.
4 綵服斑衣채복반의: 비단 색동옷. 綵채: 비단.

가을 난초

허초희 許楚姬

하늘거리는 창가의 난초

가지와 잎 그리도 향기롭더니

서풍이 한번 스치자

슬프게도 찬 서리에 시들었네

빼어난 빛깔은 이울어도

맑은 향기 끝내 사라지지 않아

그 모습 보며 아린 내 마음

눈물로 옷소매 적시네

—

感遇[1] 감우

盈盈窓下蘭[2] 영영창하란　　枝葉何芬芬[3] 지엽하분분

西風一被拂 서풍일피불　　零落悲秋霜 영락비추상

秀色縱凋悴[4]수색종조췌　　　　淸香終不斃[5]청향종불폐

感物傷我心감물상아심　　　　涕淚沾衣袂[6,7]체루첨의몌

[참조] 허초희許楚姬(1563-1589)

조선 선조 때의 여류 시인으로 호는 난설헌蘭雪軒이다. 저서로 『난설헌집蘭雪軒集』이 있다.

조선 중기 최고의 여성 시인 중 한 사람이다. 그녀는 동인과 서인으로 붕당 된 후 동인의 영수인 허엽의 딸로 태어났다. 허엽은 동인 중에서도 북인계에 속했으며 성리학의 이념에만 고착되지 않고 비교적 열린 세계관을 가졌었다고 한다. 당대 뛰어난 문장가로 평가받는 허성, 허봉이 그녀의 오빠이며 허균은 남동생이다. 허봉은 여동생의 문재文才를 알아보고 유명한 시인인 이달李達에게 교육을 받게 했다. 난설헌은 8세 때 신선세계에 대한 상상력으로 「광한전백옥루상량문廣寒殿白玉樓上梁文」이란 글을 썼다고 한다.

그녀는 15세 때 김성립과 결혼했다. 그는 남인계에 속한 인물로 사상적으로 성리학에 고착되고 보수적이었다. 남편은 과거시험 공부를 핑계 삼아 바깥으로 돌며 가정을 등한시했고 시어머니는 시를 쓰는 지식인 며느리를 이해하지 못했다. 그러는 사이 난설헌의 친정은 몰락의 길에 들어서게 된다. 허엽과 허봉이 잇따라 귀양살이하다가 죽고 허균마저 유배를 떠나게

---

1 感遇감우: 우연하게 느낀 감상이나 감회.

2 盈盈영영: 용모가 곱고 아름답다. 盈영: 차다, 충만하다, 예쁜 모양.

3 芬芬분분: 매우 향기롭다. 芬분: 향기롭다, 향기 나다.

4 凋悴조췌: 시들다, 생기를 잃다.

5 終不斃종불폐: 끝내 사라지지 않다, 향기가 끝까지 남아 있다.

6 涕淚체루: 흘리는 눈물.

7 衣袂의몌: 옷소매.

된다. 거기에 더해 두 명의 자녀를 돌림병으로 잃고 배 속의 아이를 유산하게 된다.

그러던 어느 날 건강을 잃고 쇠약해지던 차, 자신의 죽음을 예견한 듯 시 「몽유광상산夢遊廣桑山」을 남긴다. "푸른 바닷물 구슬바다에 스며들고 / 푸른 난새는 채색 난새에 기대었구나 / 부용꽃 스물일곱 송이/ 붉게 지니 달빛 서리에 차갑기만 하여라 碧海浸瑤海 青鸞倚彩鸞 芙蓉三九朶 紅墮月霜寒"

그녀의 예언은 적중해서 부용꽃 지듯 27세의 나이로 숨을 거둔다. 그녀는 죽기 전 어느 날 유언으로 자신이 쓴 시를 모두 태우라고 하여 방 한 칸 분량의 시를 모두 태웠다고 한다. 허균은 천재성을 가진 누이의 작품이 불꽃 속에 스러진 것을 안타까워하며 친정에 남겨진 시와 자신이 암송하는 누이의 시를 모아 『난설헌집』을 펴냈다.

1606년 허균은 그 시집을 조선에 온 명나라 사신에게 일람하게 하였는데, 명나라 사신 주지번朱之蕃은 중국에서 『난설헌집』을 발간했고 중국에서 큰 인기를 끌며 많은 칭송을 받게 되었다. 18세기에는 동래에 무역차 온 일본인에게 전해져 1711년 일본에서도 간행되어 널리 읽히게 되었다.

연밥 따는 노래

허초희 許楚姬

가을 맑고 넓은 호수, 푸른 옥빛 물

연꽃 밭 깊은 곳에 목란 배 매어 두고

임 만나 물 건너로 연밥을 던졌다가

멀리서 누가 봤을까 한나절 부끄러웠네

—

採蓮曲채련곡

秋淨長湖碧玉流추정장호벽옥류   荷花深處繫蘭舟[1,2]하화심처계란주

逢郎隔水投蓮子봉랑격수투연자   遙被人知半日羞요피인지반일수

---

1 荷花하화: 연꽃.
2 蘭舟난주: 목란배. 목란배는 목련나무로 만든 배를 말함.

아이들을 곡하며

허초희 許楚姬

지난해 사랑하는 딸을 잃고

올해 사랑하는 아들을 잃어

슬프고 슬프도다 광릉 땅이여

두 개의 무덤이 마주하고 솟았구나

백양나무에 쓸쓸한 바람 불고

도깨비불은 숲속에 번쩍이네

지전을 살라 너희 혼을 부르고

물을 따라 너희 무덤에 붓는다

너희 형제의 혼은

밤마다 서로 만나 놀고 있겠지

배 속에 아이가 있지만

어찌 자라길 바라리요

하염없이 황대사 노래 부르며

슬픈 피눈물 속으로 삼킨다

一

哭子곡자

去年喪愛女거년상애녀　　　今年喪愛子금년상애자

哀哀廣陵土애애광릉토　　　雙墳相對起쌍분상대기

蕭蕭白楊風소소백양풍　　　鬼火明松楸귀화명송추

紙錢招汝魄지전초여백　　　玄酒奠汝丘[1]현주전여구

應知弟兄魂응지제형혼　　　夜夜相追遊야야상추유

縱有服中孩종유복중해　　　安可冀長成안가기장성

浪吟黃臺詞[2]낭음황대사　　　血泣悲吞聲혈읍비탄성

1 玄酒현주: 제사 때 술 대신 쓰는 맑고 찬 물.

2 黃臺詞황대사: 당나라 고종의 아들이 여덟 명이 있었는데, 그중 둘째 아들 장현태자章賢太子 현작賢作
이 황제를 황대에 비유하고 황후와 계비 사이에 서로 자기가 낳은 아들을 태자에 봉하고자 하는 과정에
줄줄이 죽어 나간 아들들을 비유하여 쓴 시라고 한다.

한스런 마음

이매창 李梅窓

한밤 내내 바람 불고 비가 오더니

버들과 매화가 서로 봄을 다투네

이 좋은 날에 감당하기 어려운 것은

술잔 앞에 두고 임과 이별하는 일이네

—

自恨자한

東風一夜雨동풍일야우　　　柳與梅爭春유여매쟁춘

對此最難堪대차최난감　　　樽前惜別人준전석별인

[참조] 이매창 李梅窓(1573-1610)

조선 선조 때의 부안 출신의 기녀로 호는 매창梅窓이다. 노래와 춤, 거문
고에 뛰어났다. 저서로 『매창집梅窓集』이 있다.

그리움

이옥봉 李玉峰

요즈음 임의 안부가 어떠신지요

달 밝은 비단 창가에 첩의 한 헤아리기 어렵습니다

꿈속의 영혼이 발자취 남긴다면

임의 집 앞 돌길은 이미 모래가 되었을 걸요

—

自述[1]자술

近來安否問如何근래안부문여하   月白紗窓妾恨多[2]월백사창첩한다

若使夢魂行有跡약사몽혼행유적   門前石路已成沙[3]문전석로이성사

---

1 自述자술: 스스로 자신의 마음을 피력하다(이 시의 또 다른 제목은 몽혼夢魂이다).
2 紗窓사창: 비단 창.
3 已成沙이성사: 이미 모래가 되다.

[참조] 이옥봉李玉峰(미상-1592년)

　조선 중기의 여류 시인으로 호는 옥봉玉峰이다. 조원曹瑗(조선 선조 때의 문신)의 소실이었다고 한다. 그의 시는 중국 명나라까지 알려져 문명을 떨쳤으며 중국과 조선에서 펴낸 시집에는 허난설헌許蘭雪軒의 시와 함께 나란히 실려 있다 한다. 당시 그녀의 시가 문인들에게 널리 알려졌는데, 허균은 그의 누님 허난설헌과 비교하며 '그녀의 시가 맑고 기상이 드높아 군더더기가 없다.'고 극찬을 했다.

여인의 마음

이옥봉 李玉峰

이별이 한평생 병이 되어

술로도 못 고치고 약으로도 못 다스리네

이불 속 흘리는 눈물 얼음장 밑 물 같아

밤낮 긴 내를 이루어도 알아주는 이 없네

―

閨情규정

平生離恨成身病평생이한성신병 　　　酒不能療藥不治주불능요약불치

衾裏淚如氷下水금리누여빙하수 　　　日夜長流人不知일야장류인부지

150

눈이 갠 달밤

홍원주 洪原周

초승달 떠오르고 첫눈 그치자

정원의 나뭇가지에는 흰 꽃이 피고

개울 얼음 위에는 흩어진 옥구슬

망망한 천지가 온통 한빛이 되고

은하수는 또렷하여 한밤을 알려주네

—

三五七言[1]삼오칠언

月初出월초출   雪初晴설초청

庭柯生花白[2]정가생화백   溪氷散玉明계빙산옥명

---

1 三五七言삼오칠언: 세 글자, 다섯 글자, 일곱 글자로 된 시.
2 庭柯정가: 정원의 나뭇가지.
3 歷歷역력: 또렷하다.

天地茫茫通一色 천지망망통일색　　星河歷歷報三更[3]성하역력보삼경

[참조] 홍원주洪原周(1791-미상)

　조선 헌종 때의 여류 시인이며 호는 유한당幽閒堂이다. 여류 시인인 어머니 서영수합徐令壽閤의 딸이다. 저서로『유한당집幽閒堂集』이 있다.

151

꿈길에서

황진이 黃眞伊

서로 그리워하고 만나는 일 꿈길뿐인데

내가 임을 찾아갈 때는 임께서는 나를 찾아 떠났네

원컨대 긴긴 내일 밤 꿈속에서는

같은 시각 꿈길 가운데 만나지이다

——

相思夢상사몽

相思相見只憑夢상사상견지빙몽　　儂訪歡時歡訪儂[1]농방환시환방농

願使遙遙他夜夢[2]원사요요타야몽　　一時同作路中逢일시동작노중봉

————

1 儂訪농방: 내가 방문하다. 儂농: 나, 저, 당신.
2 遙遙요요: 멀고 멀다. 遙요: 멀다, 아득하다, 떠돌다.

황진이黃眞伊(생몰연대 미상)

조선 중종 때의 개성 출신 기녀였으며 여류 시인으로 호는 명월明月이다. 시서詩書와 음률에 뛰어났다. 그의 전기에 대한 직접 사료는 없고 야사에 의존하여 여러 이야기로 전해지고 있으며 어느 면에서는 신비화시킨 부분도 있다고 한다. 황진이의 출생에 관하여는 황진사의 서녀라는 설도 있고 맹인의 딸이라고도 전해진다.

그녀는 미모와 가창뿐 아니라 서사에도 정통하고 시가에도 능하였다. 당대의 석학 서경덕을 사숙私淑하여 거문고와 주효酒肴를 가지고 그의 정사亭舍를 자주 방문하여 공부하였다고 한다. 당시 10년 동안 수도에 정진한 생불이라 불린 지족선사를 유혹하여 파계시켰으며 서경덕을 유혹하려 하였으나 실패한 뒤 사제 관계를 맺었다는 이야기도 있다. 박연폭포와 서경덕 그리고 황진이를 포함하여 '송도삼절松都三絶'로 부른다.

황진이의 작품은 주로 연석이나 풍류장에서 지어졌으며 기생의 작품이라는 제약 때문에 후세에 많이 전해지지 못하고 인멸된 것이 많을 것으로 추정된다. 현재 5-6수가 전해지나 작품성이 뛰어난 것으로 평가받는다. 황진이는 시조에도 천재적 재능을 보였으니 「동짓달 기나긴 밤을」이 『청구영언』에 수록되어 있으며 뛰어난 시적 감각을 보여 주는 작품이다.

"동짓달 기나긴 밤을 한 허리를 베어 내어 / 춘풍 이불 아래 서리서리 넣었다가 / 어른 님 오신 날 밤이어든 굽이굽이 펴리라"

황진이의 죽음을 애도하는 임제의 시조 한 편이 있다. "청초 우거진 골에 자는다 누었는다 / 홍안은 어데 두고 백골만 묻혔느니 / 잔 잡아 권할 이 없으니 그를 슬허하노라"

임제 林悌(1549-1587) |

조선 시대 문인으로 호는 백호白湖이다. 백호는 35세 때 서북도 병마평사
로 임명되어 임지로 부임하는 길에 황진이의 무덤을 찾아가 황진이를 위한
시조 한 수를 짓고 제사를 지냈다고 한다. 이를 알게 된 조정에서는 그의
행동에 대해 의견이 분분했으며, 결국 그가 신분에 어울리지 않은 행동을
하여 체통을 지키지 못했다 하여 삭탈관직을 당하게 되었다고 한다.

임을 보내며

황진이 黃眞伊

달빛 아래 뜰의 오동나무 잎 다 지고

서리 속에 핀 들국화 노랗다

누각이 높아 한 자만 더하면 하늘인데

천 잔 술에 사람들 다 취해 버렸네

유수곡은 거문고에 어울려 쓸쓸한데

매화곡은 피리 소리에 들어 향기롭구나

내일 아침 서로 이별하고 나면

그리움은 푸른 물결처럼 끝이 없으리

—

送別蘇判書世讓[1] 송별소판서세양

月下庭梧盡월하정오진　　　　霜中野菊黃상중야국황

樓高天一尺누고천일척　　　　人醉酒千觴인취주천상

流水和琴冷[2]유수화금냉　　　梅花入笛香[3]매화입적향

明朝相別後명조상별후　　　情與碧波長정여벽파장

1 送別蘇判書世讓송별소판서세양: 소세양 판서와 송별하며. 소세양蘇世讓(1486~1562): 조선 명종 때의 문신이다.

2 流水유수: 유수는 거문고로 타는 곡 이름.

3 梅花매화: 매화는 피리곡 이름을 뜻함.